Ein leichter, heiterer Sprühregen hing über der Autobahn. Zwei Monate war Arthur jetzt auf der Erde zurück. Sich in sein altes Leben wieder einzufügen, war lächerlich einfach gewesen. Und da sich die Erdatmosphäre nun ein für allemal über ihm geschlossen hatte, machte ihm alles um ihn herum ungeheures Vergnügen. Doch...

KEINE PANIK

Wir bleiben nicht auf der Erde, und Arthur irrt sich (wieder einmal) gewaltig. Ist es überhaupt die Erde? Die wurde, wie wir wissen, zerstört. Oder doch nicht? Ist Arthur nur auf *einer*, fast identischen Erde gelandet? Oder hatte der CIA die Hände im Spiel, und alles war nur eine Übung in psychologischer Kriegsführung? Und wo sind die Delphine? Sie sind weg und haben die Botschaft hinterlassen:

Macht's gut und danke für den Fisch

Douglas Adams

Macht's gut und danke für den Fisch

Aus dem Englischen von Benjamin Schwarz

Rogner & Bernhard
bei Zweitausendeins

Macht's gut und danke für den Fisch
ist der vierte Band der Trilogie:
Per Anhalter durch die Galaxis
Das Restaurant am Ende des Universums
Das Leben, das Universum und der ganze Rest

Die Orginalausgabe erschien unter dem Titel
So long, and thanks for all the fish
bei Pan Books Ltd., London

Satz: Schwarz Computersatz, Stuttgart
Druck und Verarbeitung: Ebner Ulm
Printed in Germany
ISBN 3 8077 02113

Dieses Buch gibt es nur bei Zweitausendeins
im Versand (Postfach D-6000 Frankfurt am Main 61)
oder in den Zweitausendeins Läden in Berlin,
Essen, Frankfurt, Freiburg, Hamburg, Hannover,
Köln, München, Saarbrücken.

Für Jane

mit Dank

an Rick und Heidi für die Güte ihres beständigen Vorkommens

an Mogens und Andy und alle in Huntsham Court für eine Reihe unbeständiger Vorkommnisse

und besonders an Sonny Mehta für seine Beständigkeit trotz aller Vorkommnisse

Weit draußen in den unerforschten Einöden des total aus der Mode gekommenen Ausläufers des westlichen Spiralarms der Galaxis leuchtet unbeachtet eine kleine gelbe Sonne.

Um sie kreist in einer Entfernung von ungefähr zweiundneunzig Millionen Meilen ein absolut unbedeutender, kleiner blaugrüner Planet, dessen vom Affen stammende Bioformen so erstaunlich primitiv sind, daß sie Digitaluhren noch immer für eine unwahrscheinlich tolle Erfindung halten.

Dieser Planet hat – oder vielmehr hatte – ein Problem: die meisten seiner Bewohner waren fast immer unglücklich.

Zur Lösung dieses Problems wurden viele Vorschläge gemacht, aber sie drehten sich meistens um das Hin und Her kleiner bedruckter Papierscheinchen, was einfach drollig ist, weil es im großen und ganzen ja nicht die kleinen bedruckten Papierscheinchen waren, die sich unglücklich fühlten.

Und so blieb das Problem bestehen. Vielen Leuten ging es schlecht, von denen die meisten unglücklich waren, sogar die mit Digitaluhren.

Viele kamen allmählich zu der Überzeugung, daß sie einen Riesen Fehler begangen hatten, überhaupt von den Bäumen runterzukommen. Und einige sagten, schon die Bäume seien ein Holzweg gewesen, die Ozeane hätte man niemals verlassen dürfen.

Und eines Donnerstags dann, fast zweitausend Jahre, nachdem ein Mann an einen Baumstamm genagelt worden war, weil er gesagt hatte, wie phantastisch es doch wäre, wenn die Leute zur Abwechslung mal nett zueinander wären, kam ein Mädchen, das ganz allein in einem kleinen Café in Rickmansworth saß, plötzlich dahinter, was die ganze Zeit schiefgelaufen war, und sie wußte endlich, wie die Welt gut und glücklich gemacht werden könne.

Diesmal war alles richtig, es würde funktionieren, und niemand würde dafür an irgendwas genagelt werden.

Nur wurde traurigerweise, ehe sie ans Telefon gehen und jemandem davon erzählen konnte, die Erde unerwartet zerstört, um einer neuen Hyperraum-Umgehungsstraße Platz zu machen, und die Idee des Mädchens ging verloren, anscheinend für immer.

Das hier ist die Geschichte dieses Mädchens.

0

An diesem Abend war es früh dunkel geworden, was für die Jahreszeit normal war. Es war kalt und windig, was auch normal war.

Es fing an zu regnen, was besonders normal war.

Ein Raumschiff landete, was nicht normal war.

Es war niemand da, der es sah, bis auf ein paar auffallend dämliche Vierfüßler, die nicht die leiseste Ahnung hatten, was sie daraus machen sollten, oder ob man von ihnen erwartete, daß sie was draus machten oder es aßen oder was. So machten sie damit, was sie mit allem machten, das heißt, sie liefen davor weg und versuchten, sich untereinander zu verstecken, was nie klappte.

Es glitt aus den Wolken herab, anscheinend auf einem einzelnen Lichtstrahl balancierend.

Von weitem hätte man es wegen der Blitze und Sturmwolken kaum bemerkt, aber von nahem sah es merkwürdig schön aus – ein graues Raumschiff von elegant modellierter Form: ganz klein.

Natürlich hat man nie die leiseste Vorstellung davon, als wie groß oder wie gestaltet fremde Arten sich später rausstellen, aber wenn Sie die Ergebnisse des letzten Mittelgalaktischen Census-Reports als ein irgendwie verläßliches Richtmaß für statistische Mittelwerte nähmen, dann würden Sie wahrscheinlich vermuten, daß das Raumschiff sechs Leute enthielt, und Sie hätten recht.

Wahrscheinlich hätten Sie das sowieso vermutet. Der Census-Report hatte wie die meisten Gutachten furchtbar viel Geld gekostet und sagte niemandem etwas, was er nicht schon wußte – außer daß jede einzelne Person in der Galaxis 2,4 Beine habe und eine Hyäne besitze. Da das offensichtlich nicht stimmte, mußte man das Ganze schließlich auf den Müll werfen.

Das Raumschiff glitt langsam durch den Regen herab und seine schwachen Landelichter hüllten es in geschmackvolle Regenbogen ein. Es summte sehr leise, ein Summen, das nach und nach lauter und tiefer wurde, je näher das Schiff dem Boden kam, und sich bei einer Höhe von zwanzig Zentimetern zu einem dröhnenden Pochen steigerte.

Schließlich sank es herab und verstummte.

Eine Luke ging auf. Ein kurzes Treppchen klappte heraus.

Ein Licht erschien in der Öffnung, ein helles Licht, das in die feuchte Nacht hinausströmte. Drinnen bewegten sich Schatten.

Eine lange Gestalt tauchte in dem Licht auf, blickte sich um, zuckte zusammen und eilte die Treppe hinunter, eine große Einkaufstasche unter dem Arm.

Sie drehte sich um und winkte einmal hastig zum Raumschiff zurück. Schon strömte ihr der Regen durch die Haare.

»Danke«, rief die Gestalt, »danke Ihnen viel . . .«

Sie wurde von einem heftigen Donner unterbrochen. Besorgt blickte sie nach oben und begann auf einen plötzlichen Gedanken hin, die große Plastik-Einkaufstasche durchzukramen, die, wie sie nun entdeckte, am Boden ein Loch hatte.

An der Seite trug sie große aufgedruckte Buchstaben, die (für jeden, der das centaurische Alphabet entziffern konnte) lauteten: DUTY FREE MEGA-MARKET, PORT BRASTA, ALPHA CENTAURI. SEI WIE DER 22. ELEFANT MIT ERHITZTEM KURSWERT IM WELTRAUM – BELLE!

»Halt!« rief die Gestalt und winkte dem Schiff.

Die Treppe, die gerade begonnen hatte, wieder durch die Luke zurückzuklappen, stoppte, klappte wieder aus und ließ die Gestalt ein.

Ein paar Sekunden später tauchte sie wieder auf, ein schäbiges und fadenscheiniges Handtuch in der Hand, das sie in die Handtasche stopfte.

Wieder winkte sie, klemmte sich die Tasche unter den Arm und rannte los, um unter ein paar Bäumen Schutz zu suchen, während hinter ihr das Raumschiff bereits seinen Aufstieg begonnen hatte.

Blitze zuckten über den Himmel und ließen die Gestalt einen Moment verharren, dann eilte sie weiter, schlug aber einen andern Weg ein und machte um die Bäume einen weiten Bogen. Sie bewegte sich rasch vorwärts, rutschte hier und da aus und stemmte sich gegen den Regen, der nun immer dichter fiel, als werde er vom Himmel heruntergerissen.

Ihre Füße schwappten durch den Matsch. Der Donner rollte über die Berge. Sie wischte sich den Regen sinnloserweise aus dem Gesicht und stolperte weiter.

Noch mehr Helle.

Keine Blitze diesmal, sondern diffusere und trübere Lichter, die langsam über den Horizont krochen und wieder verschwanden.

Als die Gestalt sie sah, blieb sie stehen, dann verdoppelte sie ihre Schritte und hielt genau auf die Stelle am Horizont zu, an der die Lichter aufgetaucht waren.

Und nun wurde der Boden steiler, ging aufwärts, und nach weiteren zwei- oder dreihundert Metern führte er schließlich zu einem Hindernis. Die Gestalt hielt inne, um die Sperre zu untersuchen, dann warf sie die Tasche hinüber und kletterte hinterher.

Die Gestalt hatte auf der anderen Seite kaum wieder Boden unter den Füßen, als aus dem Regen eine Maschine auf sie zugesaust kam und Lichter durch die Wand aus Wasser drangen. Die Gestalt wich zurück, während die Maschine auf sie zu raste. Sie war niedrig und knollig, wie ein kleiner wellenreitender Walfisch – glatt, grau und abgerundet und hatte ein Wahnsinns Tempo drauf.

Die Gestalt hob instinktiv die Hände, um sich zu schützen, aber sie wurde bloß von einem Schwall Wasser getroffen, als die Maschine an ihr vorbei in die Nacht davonbrauste.

Sie wurde kurz von einem weiteren Blitz erleuchtet, der über den Himmel zuckte, was der triefenden Gestalt am Straßenrand für den Bruchteil einer Sekunde die Gelegenheit gab, ein kleines Schild auf der Rückseite der Maschine zu lesen, ehe sie verschwand.

Zur ungläubigen Verwunderung der Gestalt stand auf dem Schild: »Mein Zweitwagen ist auch ein Porsche.«

2

Rob McKenna war ein elendes Miststück, und er wußte es, weil ihn im Laufe der Jahre viele Leute darauf aufmerksam gemacht hatten, und er sah keinen Grund, ihnen zu widersprechen, bis auf den einen, daß es ihm gefiel, Leuten zu widersprechen, besonders Leuten, die er nicht leiden konnte, wozu nach letzter Zählung alle gehörten.

Er stieß einen Seufzer aus und schaltete runter.

Der Berg wurde allmählich steiler, und sein Lastwagen war mit Heizungsthermostaten aus Dänemark beladen.

Es war nicht so, daß er von Natur aus die Neigung hatte, so mürrisch zu sein, wenigstens hoffte er das. Es war nur der Regen, der ihm auf die Nerven ging, immer dieser Regen.

Es regnete gerade, bloß so zur Abwechslung.

Es war ein ganz bestimmter Regen, der ihm besonders mißfiel, vor allem, wenn er fuhr. Er hatte eine Nummer für ihn. Es war Regen Type 17.

Er hatte mal irgendwo gelesen, daß die Eskimos über zweihundert verschiedene Wörter für Schnee hätten, ohne die ihre Unterhaltung wahrscheinlich sehr eintönig wäre. So unterschieden sie zwischen dünnem Schnee und dickem Schnee, leichtem Schnee und schwerem Schnee, matschigem Schnee, harschigem Schnee, Schnee, der als Gestöber kommt, Schnee, der als Treiben kommt, und Schnee, der einem an den Stiefelsohlen des Nachbarn über den ganzen schönen sauberen Iglufußboden geschleppt wird; sie unterschieden zwischen Schneefällen im Winter, Schneefällen im Frühling, Schnee, an den man sich aus der Kindheit erinnert und der so viel besser ist als dieser ganze neumodische Schnee, zwischen feinem Schnee, fiederigem Schnee, Bergschnee, Talschnee, Schnee, der am Morgen fällt, Schnee, der nachts fällt, Schnee, der ganz plötzlich fällt, wenn man gerade zum Angeln gehen will, und Schnee, auf den trotz aller Mühe, es ihnen abzugewöhnen, die Schlittenhunde gepinkelt haben.

Rob McKenna hatte zweihunderteinunddreißig verschiedene Regentypen in sein kleines Buch eingetragen, und keine mochte er.

Er schaltete noch einen Gang runter, und der LKW brauste auf. Er brummte behaglich über all die dänischen Heizungsthermostate, die er geladen hatte.

Seit er tags zuvor am Nachmittag in Dänemark losgefahren war, war er den Typen 33 (leichter, prickelnder Nieselregen, der die Straßen glitschig macht), 39 (heftig tröpfelnd), 47 bis 51 (senkrechter leichter Sprühregen bis hin zu sehr schräggeneigtem leichtem bis mäßig auffrischendem Nieselregen), 87 und 88 (zwei sich leicht unterscheidende Varianten von senkrechtem wolkenbruchartigem Platzregen), 100 (Regenbö nach Platzregen, kalt), allen Seesturmtypen zwischen 192 und 213 auf einmal, 123, 124, 126, 127 (sanfte und mittelstarke kalte Regenbö, regelmäßiges und synkopisches Kabinen-Trommeln), 11 (lebhaftes Tröpfeln) und nun dem Typ begegnet, den er am wenigsten von allen mochte, 17.

Regen Type 17 war ein gemeines Klatschen, das so heftig gegen die Windschutzscheibe schlug, daß es ziemlich egal war, ob man seine Scheibenwischer angeschaltet oder abgeschaltet hatte.

Er überprüfte seine Theorie, indem er sie kurz abschaltete, aber wie sich rausstellte, wurde die Sicht doch noch eine ganze Menge schlechter. Sie wurde bloß nicht wieder besser, als er sie wieder einschaltete.

Vielmehr flatterte eins von den Wischerblättern so langsam davon.

Wisch wisch wisch flop wisch wisch flop wisch wisch flop wisch flop wisch flop flop flap kratz.

Er hämmerte auf sein Steuerrad, trampelte auf den Boden, haute auf sein Cassettengerät, bis es plötzlich Barry Manilow zu spielen anfing, haute nochmal drauf, bis es aufhörte, und fluchte und fluchte und fluchte und fluchte und fluchte.

Und genau in diesem Augenblick, als seine Wut am größten war, tauchte in seinen Scheinwerfern verschwommen, durch den klatschenden Regen kaum sichtbar, eine Gestalt am Straßenrand auf.

Eine erbärmliche, verdreckte, merkwürdig gekleidete Gestalt, die nasser als ein Otter in der Waschmaschine war und trampte.

»Armer, erbärmlicher Scheißer«, dachte Rob McKenna, als ihm klar wurde, daß es jemanden gab, der mehr Recht hatte, sich schlecht behandelt zu fühlen, als er, »muß bis auf die Knochen durchgebibbert sein. Selber schuld, wenn er in so einer mistigen Nacht draußen rumtrampt. Da wird man nur kalt und naß und kriegt von LKWs ganze Pfützen rübergefetzt.«

Er schüttelte grimmig den Kopf, stieß wieder einen Seufzer aus, versetzte dem Steuerrad einen Schwung und preschte geradenwegs in eine große Pfütze.

»Verstehst du, was ich meine?« dachte er im stillen, als er rasant hindurchpflügte. »Man wird zu einem richtigen Miststück auf der Straße.«

Gesprenkelt tauchte ein paar Sekunden später in seinem Rückspiegel das Spiegelbild des Hitchhikers pudelnaß am Straßenrand auf.

Einen Moment lang freute ihn das. Einen oder zwei Momente später bedauerte er, daß ihn das freute. Dann freute ihn, daß er bedauerte, sich darüber gefreut zu haben, und fuhr zufrieden weiter in die Nacht.

Wenigstens entschädigte ihn das dafür, daß er schließlich doch von dem Porsche überholt worden war, dem er die letzten zwanzig Meilen eifrig die Straße versperrt hatte.

Und während er weiterfuhr, hingen hinter ihm die Regenwolken vom Himmel runter, denn obwohl er es nicht wußte, war Rob McKenna ein Regengott. Er wußte nichts anderes, als daß seine Arbeitstage mies waren und ihnen lausige freie Tage folgten. Alle Wolken wußten nichts anderes, als daß sie ihn liebten und in seiner Nähe sein wollten, um ihn zu streicheln und zu tränken.

3

Die nächsten zwei Lastwagen wurden nicht von Regengöttern gesteuert, aber sie machten genau dasselbe.

Die Gestalt marschierte oder vielmehr patschte weiter, bis es wieder bergauf ging und die tückische Wasserfläche hinter ihr lag.

Nach einer Weile ließ der Regen langsam nach, und der Mond tauchte kurz hinter den Wolken auf.

Ein Renault fuhr vorbei, und der Fahrer machte wilde und komplizierte Zeichen, um der sich weiterschleppenden Gestalt zu verstehen zu geben, daß er unter normalen Umständen die Gestalt mit Freuden mitgenommen hätte, daß er es nur diesmal nicht könne, weil er nicht in die Richtung fahre, in die die Gestalt wolle, egal welche Richtung das auch sei, und daß er sicher sei, die Gestalt verstünde das. Er schloß das Zeichenmachen mit einer fröhlichen Daumen-nach-oben-Geste, als wolle er sagen, er hoffe, die Gestalt fühle sich richtig wohl, so kalt und geradezu chronisch naß, und er nähme sie bei nächstbester Gelegenheit bestimmt mit.

Die Gestalt stapfte weiter. Ein Fiat fuhr vorbei und machte genau dasselbe wie der Renault.

Ein Maxi fuhr auf der Gegenfahrbahn vorbei und blinkte die sich langsam dahinschleppende Gestalt mit den Scheinwerfern an, aber ob das »Hallo« heißen sollte oder »Tut uns leid, wir fahren in die andere Richtung« oder »He, guckt doch mal, da ist jemand im Regen, was für 'ne trübe Tasse«, war völlig unklar. Ein grüner Streifen quer über den oberen Rand der Windschutzscheibe teilte mit, daß, wie immer die Botschaft auch lautete, sie von Steve und Carola komme.

Das Gewitter hatte nun endgültig nachgelassen, und was da noch an Donner war, grummelte über ferneren Bergen wie ein Mensch, der nach zwanzig Minuten »Und was ich noch sagen wollte . . .« sagt und zugeben muß, daß er den Faden verloren hat.

Die Luft war jetzt klarer, die Nacht kalt. Die Geräusche pflanzten sich recht gut fort. Die einsame, verzweifelt zitternde Gestalt langte kurz darauf an einer Kreuzung an, an der eine Nebenstraße links abbog. Gegenüber von der Abzweigung stand ein Wegweiser, zu dem die Gestalt plötzlich rannte. Sie studierte ihn mit fieberhafter Neugier und drehte sich nur von ihm weg, als plötzlich noch ein Wagen vorbeifuhr.

Und noch einer.

Der erste flitzte mit totaler Nichtbeachtung vorbei, der zweite blinkte bedeutungslos. Ein Ford Cortina fuhr vorbei und bremste.

Taumelnd vor Überraschung preßte sich die Gestalt ihre Tasche vor die Brust und rannte auf den Wagen zu, aber im letzten Augenblick ließ der Cortina seine Räder in der Nässe durchdrehen und karriolte ziemlich komisch davon.

Die Gestalt wurde langsamer und blieb stehen, verloren und niedergeschlagen.

Wie es sich so traf, ging der Fahrer des Cortina am nächsten Tag ins Krankenhaus, um sich seinen Blinddarm rausnehmen zu lassen, nur nahm ihm der Chirurg aufgrund einer komischen Verwechslung irrtümlich ein Bein ab, und bevor die Blinddarmoperation wieder auf den Plan gesetzt werden konnte, verschlimmerte sich die Blinddarmentzündung und wuchs sich zu einem amüsant schweren Fall von Bauchfellentzündung aus, und der Gerechtigkeit wurde auf ihre Weise Genüge getan.

Die Gestalt trottete weiter.

Ein Saab hielt neben ihr.

Das Fenster ging runter, und eine freundliche Stimme fragte:

»Kommen Sie schon von weit her?«

Die Gestalt wandte sich ihr zu und packte den Türgriff.

Die Gestalt, der Wagen und der Türgriff befanden sich auf einem Planeten namens Erde, einem Gestirn, dessen gesamter Eintrag in dem Reiseführer *Per Anhalter durch die Galaxis* die beiden Wörter »Größtenteils harmlos« umfaßte.

Der Mann, der diesen Eintrag geschrieben hatte, hieß Ford Prefect und befand sich genau in diesem Augenblick auf einem alles andere als harmlosen Stern in einer alles andere als harmlosen Bar und brach leichtsinnigerweise einen Krach vom Zaun.

4

Ob es daran lag, daß er betrunken, krank oder auf selbstmörderische Weise wahnsinnig war, wäre für einen zufälligen Beobachter nicht zu erkennen gewesen, und wirklich gab es auch gar keine zufälligen Beobachter in der Bar »Zum Alten Rosa Hund« an der unteren Südseite in Han Dold City, weil das kein Ort war, wo man sich erlauben konnte, irgendwas zufällig zu machen, wenn man am Leben bleiben wollte. Alle Beobachter dort waren niederträchtige, falkenäugige, schwer bewaffnete Beobachter, denen es schmerzhaft in den Köpfen pochte, was sie zwang, verrückte Dinge zu tun, wenn sie was beobachteten, das ihnen nicht gefiel.

Ein gräßliches Schweigen hatte sich über den Ort gesenkt, sowas wie ein Raketenkrisen-Schweigen.

Sogar der bösartige Vogel, der in der Bar auf einer Stange hockte, hatte aufgehört, die Namen und Adressen der örtlichen Vertragskiller in die Gegend zu kreischen, was eine Dienstleistung war, die er gratis zur Verfügung stellte.

Alle Augen waren auf Ford Prefect gerichtet. Einige davon saßen auf Stielen.

Die spezielle Art, in der er es heute vorzog, rücksichtslos mit dem Leben zu spielen, war der Versuch, eine Getränkerechnung von der Größe eines kleinen Verteidigungshaushalts mit einer American Express-Karte zu bezahlen, die nirgendwo im bekannten Universum akzeptiert wurde.

»Worüber regen Sie sich denn auf?« fragte er mit sowas wie Heiterkeit in der Stimme. »Über das Verfallsdatum? Habt ihr Typen hier draußen noch nie was von Neo-Relativität gehört? Es gibt völlig neue Bereiche der Physik, die sich mit sowas befassen. Zeiterweiterungseffekte, temporale Relastatik ...«

»Über das Verfallsdatum regen wir uns nicht auf«, sagte der Mann, an den er sich mit seiner Bemerkung gewandt hatte und der ein gefährlicher Barkeeper in einer gefährlichen Stadt war. Seine Stimme klang wie ein leises, sanftes Schnurren, wie das leise, sanfte Schnurren, das entsteht, wenn sich das Silo einer Interkontinentalrakete öffnet. Eine Hand wie eine Schweinehälfte trommelte auf die Bar und beulte sie dabei leicht ein.

»Na, dann ist es ja gut«, sagte Ford, griff zu seiner Tasche und wollte rausgehen.

Der trommelnde Finger streckte sich aus, ließ sich leicht auf Ford Prefects Schulter nieder und hinderte ihn daran wegzugehen.

Der Finger war zwar mit einer brettartigen Hand verbunden, und die Hand war mit einem keulenartigen Unterarm verbunden, aber der Unterarm war mit gar nichts verbunden, es sei denn im metaphorischen Sinne, daß er in ungestümer, hundehafter Treue mit der Bar verbunden war, die sein Zuhause war. Früher war er mal auf konventionellere Art mit dem ehemaligen Besitzer der Bar verbunden gewesen, der ihn auf dem Sterbebett völlig unerwartet der medizinischen Forschung vermacht hatte. Die medizinische Forschung war der Meinung, sie ertrüge seinen Anblick nicht, und hatte ihn postwendend wieder der Bar »Zum Alten Rosa Hund« vermacht.

Der neue Barbesitzer glaubte nicht an Übernatürliches oder Poltergeister oder irgendwas so Beknacktes, er erkannte bloß einen nützlichen Verbündeten, wenn er einen sah. Die Hand saß auf der Bar. Sie nahm Bestellungen entgegen, servierte Drinks, sie ging mörderisch mit Leuten um, die sich benahmen, als wollten sie ermordet werden. Ford Prefect saß da und bewegte sich nicht.

»Über das Verfallsdatum regen wir uns nicht auf«, wiederholte der Barmann, zufrieden darüber, daß er nun Ford Prefects ungeteilte Aufmerksamkeit besaß. »Das ganze Stückchen Plastik regt uns auf.«

»Was?« sagte Ford. Er sah leicht verblüfft aus.

»Das hier«, sagte der Barmann und hielt die Karte hoch, als wäre sie ein kleiner Fisch, dessen Seele vor drei Wochen zum Land-wo-die-Fische-die-ewige-Seligkeit-erhalten hochgeflattert war, »wir akzeptieren es nicht.«

Ford fragte sich kurz, ob er die Tatsache zur Sprache bringen solle, daß er keine anderen Zahlungsmittel bei sich habe, beschloß aber, sich für den Augenblick weiter durchzubeißen. Die körperlose Hand hielt nun seine Schulter sanft, aber entschlossen, zwischen Zeigefinger und Daumen fest.

»Sie begreifen wohl nicht«, sagte Ford, während sein Gesichtsausdruck langsam von leichter Verblüffung zu unverblümtem Unglauben überging. »Das ist die American Express-Karte. Es ist die nobelste überall bekannte Art, Rechnungen zu bezahlen. Haben Sie nicht die Reklamepost von denen gelesen?«

Das Heitere in Fords Stimme beleidigte langsam die Ohren des Barmanns. Es hörte sich für ihn so an, als spiele jemand während einer der ernsteren Stellen des War Requiems unablässig auf der Kinderquäke.

Einer von den Knochen in Fords Schulter begann, sich an einem anderen Knochen in seiner Schulter auf eine Weise zu schaben, die den Gedanken nahelegte, die Hand habe die Grundbegriffe des Schmerzes von einem sehr erfahrenen Chiropraktiker erlernt. Er hoffte nur, er könne die Angelegenheit regeln, bevor die Hand anfinge, einen der Knochen in seiner Schulter an irgendeinem Knochen in anderen Körperteilen zu schaben. Zum Glück war die Schulter, die die Hand gepackt hielt, nicht die, über die er sich seine Tasche gehängt hatte.

Der Barmann schob Ford die Karte über die Bar.

»Davon«, sagte er mit unterdrückter Wut, »haben wir noch nie was gehört.«

Das war kaum überraschend.

Ford hatte die Karte erst gegen Ende der fünfzehn Jahre erhalten, die er auf dem Planeten Erde zugebracht hatte, und das auch nur aufgrund eines schwerwiegenden Computerfehlers. Wie schwerwiegend, das hatte die American Express Company sehr schnell erfahren, und die immer schriller und panischer werdenden Forderungen der Schuldeneinzugs-Abteilung kamen erst zum Schweigen, als die Erde völlig unerwartet von den Vogonen zerstört wurde, die den Platz für die neue Hyperraum-Umgehungsstraße brauchten.

Er hatte sie seitdem behalten, weil er es zweckmäßig fand, eine Währung bei sich zu haben, die niemand anerkannte.

»Kredit?« sagte er. »Aaaargggh . . .«

Diese beiden Wörter gehörten in der Bar »Zum Alten Rosa Hund« normalerweise zusammen.

»Ich dachte«, keuchte Ford, »das hier wäre 'n erstklassiges Unternehmen . . .«

Er blickte sich in der buntgescheckten Ansammlung von Raubmördern, Zuhältern und Plattenfirmenchefs um, die sich um die matten Lichtflecken herumdrückten, mit denen die tiefen Schatten des geheimnisvollen Barinneren getüpfelt waren. Sie guckten jetzt alle sehr bewußt in jede Richtung, bloß nicht in seine, und nahmen den Faden ihrer früheren Unterhaltungen über Morde, Drogenringe und Plattenproduktionen wieder auf. Sie wußten, was nun passieren würde, und wollten nicht zusehen für den Fall, daß es sie von ihren Drinks abhielte.

»Das ist dein Tod, mein Junge«, brummte der Barmann gelassen

Ford Prefect an, und das Recht lag augenscheinlich auf seiner Seite. In der Bar hatte früher immer eins von diesen Schildern gehangen, auf denen stand: »Bitte, verlangen Sie keinen Kredit, weil ein Fausthieb auf den Mund oft verletzend ist«, aber im Interesse strenger Genauigkeit war es geändert worden in: »Bitte, verlangen Sie keinen Kredit, weil von einem Raubvogel die Gurgel aus dem Hals gerissen zu kriegen, während Ihnen eine körperlose Hand den Kopf gegen die Bar donnert, oft verletzend ist«. Das machte aber ein unlesbares Kuddelmuddel aus der Mitteilung, die sowieso nicht mehr so klang wie früher, und so nahm man das Schild wieder runter. Man war der Meinung, die Sache würde von allein bekannt werden, und das wurde sie auch.

»Lassen Sie mich nochmal die Rechnung sehen«, sagte Ford. Er nahm sie und studierte sie sorgfältig unter den feindseligen Blicken des Barmanns und dem gleichermaßen feindseligen Blick des Vogels, der im Augenblick mit seinen Krallen tiefe Furchen in die Bardecke grub.

Es handelte sich um ein ziemlich langes Stück Papier.

Ganz unten stand eine Zahl, die wie eine von diesen Seriennummern aussah, die man an der Unterseite von Stereoanlagen findet und die einen immer so viel Zeit kosten, wenn man sie auf das Anmeldeformular überträgt. Er war schließlich den ganzen Tag in der Bar gewesen, er hatte eine Menge Zeugs mit Bläschen drin getrunken, und er hatte all den Zuhältern, Raubmördern und Plattenchefs, die sich plötzlich nicht mehr erinnerten, wer er war, entsetzlich viele Runden spendiert.

Er räusperte sich ganz seelenruhig und klopfte auf seine Taschen. Dort war, wie er wußte, nichts drin. Er legte die linke Hand sanft, aber entschlossen, auf die halboffene Klappe seiner Umhängetasche. Die körperlose Hand verstärkte wieder ihren Druck auf seine rechte Schulter.

»Sie verstehen«, sagte der Barmann, und sein Gesicht schien vor Fords boshaft hin und her zu wackeln, »ich habe an meinen Ruf zu denken. Das verstehen Sie doch, oder?«

Das ist es, dachte Ford. Es ging nicht mehr anders. Er hatte den Vorschriften gehorcht, er hatte den redlichen Versuch gemacht, seine Rechnung zu begleichen, der Versuch war zurückgewiesen worden. Jetzt war sein Leben in Gefahr.

»Naja«, sagte er ruhig, »wenn's um Ihren Ruf geht . . .«

Mit einer blitzschnellen Bewegung öffnete er seine Umhängetasche und warf sein Exemplar des Reiseführers *Per Anhalter durch die Galaxis* und seinen offiziellen Ausweis auf die Bar, in dem stand, daß er ein Feldforscher für den *Anhalter* sei und absolut nicht tun dürfe, was er gerade tat.

»Wollen Sie 'ne gute Kritik?«

Das Gesicht des Barmanns hielt mitten im Wackeln inne. Die Krallen des Vogels hielten mitten in der Furche inne. Die Hand lokkerte langsam ihren Griff.

»Das«, sagte der Barmann in einem kaum hörbaren Flüstern aus trockenen Lippen, »wäre sehr nett.«

5

Der Reiseführer *Per Anhalter durch die Galaxis* ist eine mächtige Institution. Ja, sein Einfluß ist so gewaltig, daß von seiner Redaktion strenge Vorschriften aufgestellt werden mußten, um dessen Mißbrauch zu verhindern. So ist es keinem seiner Feldforscher erlaubt, Dienstleistungen, Preisnachlässe oder Vorzugsbehandlungen irgendwelcher Art anzunehmen und dafür redaktionelle Gefälligkeiten anzubieten, es sei denn:

a) sie haben den aufrichtigen Versuch unternommen, die Dienstleistung auf normale Weise zu bezahlen;
b) ihr Leben wäre sonst in Gefahr;
c) sie wollen es ausdrücklich.

Da sich auf die dritte Vorschrift zu berufen, immer hieß, dem

Herausgeber einen Anteil abzutreten, zog Ford es stets vor, sich mit den ersten beiden Vorschriften durchzuschlagen.

Er ging mit flottem Schritt die Straße entlang.

Die Luft war stickig, aber ihm gefiel das, denn es war stickige Stadtluft, voller anregend unangenehmer Gerüche, gefährlicher Musik und dem fernen Geräusch kämpfender Polizeistaffeln.

Er ließ die Tasche locker an seiner Hand schwingen, so daß er damit jedem einen prächtigen Schwinger verpassen konnte, der sie ihm ohne zu fragen wegnehmen wollte. Sie enthielt alles, was er besaß, was im Moment nicht viel war.

Eine Limousine jagte die Straße runter, wich dabei den brennenden Müllbergen aus und erschreckte ein altes Lasttier, das ihr kreischend aus dem Weg torkelte, gegen das Fenster eines Kräuterladens stolperte, eine jaulende Sirene in Gang setzte, die Straße weitertappte und schließlich so tat, als falle es die Treppe eines kleinen Nudelrestaurants runter, wo, wie es wußte, man es fotografieren und füttern würde.

Ford ging nach Norden. Er meinte, er sei wahrscheinlich auf dem Weg zum Raumflughafen, aber der Meinung war er vorher auch schon gewesen. Er wußte, daß er gerade durch den Teil der Stadt marschierte, in dem sich die Pläne der Bewohner oft ganz plötzlich änderten.

»Willst du dich nicht 'n bißchen amüsieren?« fragte eine Stimme aus einem Torweg.

»Soweit ich weiß«, sagte Ford, »tu ich das schon. Danke.«

»Bist du reich?« fragte eine andere.

Das brachte Ford zum Lachen. Er drehte sich um und breitete die Arme aus. »Sehe ich vielleicht *reich* aus?« sagte er.

»Weißichnich«, sagte das Mädchen. »Vielleicht, vielleicht auch nicht. Vielleicht wirst du reich. Habe 'n ganz speziellen Liebesdienst für Reiche . . .«

»Ach wirklich?« sagte Ford interessiert, doch vorsichtig. »Und wie geht der?«

»Ich sage ihnen, daß es okay ist, reich zu sein.«

Artilleriefeuer brach in einem Fenster hoch über ihnen los, aber es wurde nur ein Baßgitarrist dafür erschossen, daß er dreimal hintereinander denselben falschen Riff gespielt hatte, und Baßgittaristen gehen in Han Dold City zwei Stück auf ein Dutzend.

Ford blieb stehen und spähte in den dunklen Torweg.

»Was?« fragte er.

Das Mädchen lachte und trat einen Schritt aus dem Schatten vor. Sie war groß und besaß diese selbstbeherrschte Scheu, die ein phantastischer Trick ist, wenn man ihn kann.

»Das ist mein ganz großer Schlager«, sagte sie, »ich habe den Magister in Sozialökonomie und kann sehr überzeugend sein. Die Leute mögen's. Besonders in dieser Stadt.«

»Goosnargh«, sagte Ford Prefect, was ein besonderes beteigeuzisches Wort war, das er immer dann benutzte, wenn er wußte, er müsse was wagen, aber nicht wußte, was.

Er setzte sich auf eine Stufe und nahm aus seiner Umhängetasche eine Flasche Alten Janx-Geist und ein Handtuch. Er korkte die Flasche auf und wischte sie oben mit dem Handtuch ab, was die entgegengesetzte Wirkung von der eigentlich beabsichtigten hatte, nämlich der Alte Janx-Geist brachte augenblicklich Millionen von Keimen um, die eine wirklich komplizierte und aufgeklärte Zivilisation auf den stinkigeren Teilen des Handtuchs gebildet hatten.

»Möchteste 'n Schluck?« fragte er, nachdem er selber einen kräftigen Zug genommen hatte.

Sie zuckte mit den Schultern und griff zu der Flasche.

Sie saßen eine Weile da und lauschten friedlich dem Lärm der Alarmglocken im nächsten Häuserblock.

»Zufällig schuldet man mir noch 'ne Menge Geld«, sagte Ford, »sollte ich das jemals kriegen, kann ich dich dann vielleicht besuchen?«

»Klar, ich bin bestimmt hier«, sagt das Mädchen. »Und wieviel ist 'ne Menge?«

»Fünfzehn Jahre Außenstände.«

»Für?«

»Zwei Worte, die ich geschrieben habe.«

»Heiliger Zarquon«, sagte das Mädchen. »Für welches hast du so lange gebraucht?«

»Fürs erste. Als ich das erstmal hatte, fiel mir das zweite einfach eines Nachmittags nach dem Lunch ein.«

Ein riesiges elektronisches Schlagzeug sauste durch das Fenster hoch über ihnen und zersplitterte vor ihnen auf der Straße.

Bald wurde deutlich, daß einige Alarmglocken im Nachbarblock von einer Polizeistaffel absichtlich in Gang gesetzt worden waren, um eine andere Staffel in einen Hinterhalt zu locken. Wagen näherten sich mit kreischenden Sirenen der Gegend, nur um festzustellen, daß sie von Hubschraubern einzeln aufs Korn genommen wurden, die zwischen den gewaltigen Häuserschluchten durch die Luft herangedonnert kamen.

»Das heißt«, sagte Ford, der jetzt über das Getöse hinweg schreien mußte, »es war nicht ganz so. Ich habe furchtbar viele Wörter geschrieben, aber sie haben's einfach gekürzt.«

Er nahm wieder seinen *Anhalter* aus der Tasche.

»Dann wurde der Planet zerstört«, schrie er. »Echt lohnender Job, was? Trotzdem müssen sie mich noch bezahlen.«

»Du arbeitest für das Ding da?« schrie das Mädchen zurück.

»Ja.«

»Tolle Sache.«

»Willst du sehen, was ich geschrieben habe?« schrie er. »Bevor es gelöscht wird? Die neuen Änderungen sollen heute abend durchgegeben werden. Irgend jemand muß rausgefunden haben, daß der Planet, auf dem ich fünfzehn Jahre zugebracht habe, mittlerweile zerstört ist. Bei den letzten paar Änderungen haben sie's übersehen, aber ewig kann es ihrer Aufmerksamkeit nicht entgehen.«

»Es wird langsam unmöglich, sich zu unterhalten, nicht?«

»Was?«

Sie zuckte die Achseln und zeigte nach oben.

Über ihnen schwebte jetzt ein Hubschrauber, der offenbar in ein Nebenscharmützel mit der Band oben verwickelt war. Rauch quoll aus dem Gebäue. Der Tontechniker hing an seinen Fingerspitzen aus dem Fenster, und ein durchgedrehter Gitarrist prügelte ihm mit einer brennenden Gitarre auf die Finger. Der Helikopter schoß auf alle beide.

»Wollen wir nicht lieber hier weg?«

Sie gingen die Straße hinunter, weg von dem Lärm. Dort stießen sie auf eine Straßentheatertruppe, die ihnen ein kurzes Stück über die Probleme der Innenstadt vorzuspielen versuchte, es dann aber aufgab und in einem kleinen Restaurant verschwand, das eben erst von dem alten Lasttier beehrt worden war.

Die ganze Zeit tippte Ford auf die Suchknöpfe des *Anhalters.* Sie duckten sich in einen Durchgang. Ford hockte sich auf einen Müllkübel, während Informationen über die Mattscheibe des *Anhalters* zu flimmern begannen.

Er fand seinen Eintrag.

»Erde: Größtenteils harmlos.«

Fast im selben Augenblick füllte sich die Mattscheibe mit Massen von Systemmitteilungen.

»Da kommt's«, sagte er.

»Bitte warten«, lautete die Mitteilung. *»Die Einträge werden soeben über das Sub-Etha-Netz auf den neuesten Stand gebracht. Dieser Eintrag wird revidiert. Das System ruht für zehn Sekunden.«*

Am Ende der Gasse schlich eine stahlgraue Limousine vorbei.

»Du, hör zu«, sagte das Mädchen, »wenn du Knete kriegst, komm bei mir vorbei. Ich habe viel zu tun, und dort drüben sind Leute, die mich brauchen. Ich muß gehen.«

Sie schob Fords halb ausgesprochene Proteste beiseite und ließ ihn niedergeschlagen auf seinem Müllkübel sitzen. Er war darauf gefaßt, einen Großteil seiner Lebensarbeit elektronisch in den Äther verpuffen zu sehen.

Draußen auf der Straße hatten sich die Dinge etwas beruhigt. Das Polizeigefecht hatte sich in andere Teile der Stadt verzogen, die wenigen überlebenden Mitglieder der Rockband waren übereingekommen, sich mit ihren musikalischen Meinungsunterschieden abzufinden und Solokarrieren einzuschlagen, die Straßentheatertruppe tauchte aus dem Nudelrestaurant zusammen mit dem alten Lasttier auf, dem sie erzählten, sie nähmen es mit zu einer Bar, die sie kannten und wo es mit ein bißchen Respekt behandelt werden würde, und ein kleines Stückchen weiter parkte die stahlgraue Limousine geräuschlos an der Bordsteinkante.

Das Mädchen eilte darauf zu.

In der Dunkelheit der Gasse hinter ihr umhüllte ein grünes, flackerndes Leuchten Ford Prefects Gesicht, und seine Augen weiteten sich langsam vor Erstaunen.

Denn wo er erwartet hatte, nichts zu finden, einen gelöschten, weggestrichenen Eintrag, da floß ein ununterbrochener Strom von Daten: Texte, Diagramme, Zahlen und Bilder, packende Schilderungen vom Surfen an australischen Stränden, von Joghurt auf griechischen Inseln, von Restaurants, die man in Los Angeles meiden muß, von Geldgeschäften, die man in Istanbul meiden muß, von Wetter, das man in London meiden muß, von Bars, in die man überall gehen kann. Seiten über Seiten. Es war alles da, alles, was er geschrieben hatte.

Mit dem immer finsterer werdenden Blick blanken Unverständnisses blätterte er zurück und vor und hielt hier und da in verschiedenen Einträgen inne.

»Tips für Außerirdische in New York:

Landen, wo es einem gefällt, Central Park, überall. Niemand wird sich was draus machen oder auch nur Notiz davon nehmen.

Überleben: Sich sofort einen Job als Taxifahrer besorgen. Der Job eines Taxifahrers besteht darin, Leute überall, wohin sie wollen, in dicken gelben Maschinen zu fahren, die Taxis heißen. Keine Sorge, wenn du nicht weißt, wie die Maschine funktioniert, wenn du die Sprache nicht sprichst, dich in der Geografie nicht auskennst, ja die ganze physikalische Grundstruktur nicht begreifst und dir lange grüne Antennen aus dem Kopf wachsen. Glaub mir, das ist die beste Art, absolut nicht aufzufallen.

Wenn dein Körper so richtig merkwürdig ist, zeig ihn den Leuten auf der Straße für Geld.

Amphibische Bioformen von allen Sternen im Würgel-, Ätzos- und Üblia-System werden besondere Freude am East River haben, von dem es heißt, er enthält mehr wunderbare, lebensspendende Nährstoffe als der allerbeste giftigste Laborschlamm, den man bisher erfunden hat.

Sich amüsieren: Wird ganz groß geschrieben. Es ist unmöglich, sich zu amüsieren, ohne sich die Genußzentren elektrisch veröden zu lassen . . .«

Ford drückte auf den Knopf, auf dem, wie er bemerkte, jetzt »Mode Execute Ready« statt des mittlerweile altmodischen »Kommunikationsbereitschaft« stand, was vor ungeheuer langer Zeit das schrecklich steinzeitliche »Aus« ersetzt hatte.

Er hatte gesehen, wie dieser Planet total zerstört wurde, hatte es mit eigenen Augen gesehen oder vielmehr, geblendet von dem höllischen Bersten von Luft und Licht, mit eigenen Füßen gespürt, wie der Boden bockend, brüllend auf ihn einzuschlagen begonnen hatte wie ein Hammer, gepackt von den Energiewogen, die sich aus den widerlichen gelben Vogonenschiffen ergossen. Und dann endlich, fünf Sekunden nachdem der Augenblick, den er als letztmöglichen Augenblick erkannt hatte, schon vorbei war, das sanft schwingende Übelkeitsgefühl der Dematerialisation, als er und Arthur Dent durch die Atmosphäre nach oben gestrahlt worden waren wie eine Sportsendung.

Es war kein Irrtum, es war keiner möglich. Die Erde war endgültig zerstört. Endgültig, endgültig. In den Raum verdampft.

Und hier war trotzdem – er schaltete den *Anhalter* wieder ein – sein eigener Bericht darüber, wie man's anstellen müsse, um sich in Bournemouth, Dorset, England, zu amüsieren, worauf er immer besonders stolz gewesen war, weil er ihn für einen seiner verschrobensten Einfälle hielt. Er las ihn von neuem und schüttelte den Kopf vor sprachloser Verwunderung.

Plötzlich war ihm klar, wie die Antwort auf das Problem lautete, nämlich, daß gerade etwas sehr Sonderbares passiere, und wenn gerade etwas sehr Sonderbares passiere, dachte er, dann wolle er, daß es *ihm* passiere.

Er stopfte den *Anhalter* wieder in seine Tasche und stürmte auf die Straße hinaus.

Während er wieder in Richtung Norden wanderte, kam er an einer stahlgrauen Limousine vorbei, die an der Bordsteinkante parkte, und aus einem Torweg in der Nähe hörte er eine sanfte Stimme sagen: »Ist doch okay, Liebling, es ist doch wirklich okay, du mußt einfach lernen, dich dran zu freuen. Sieh dir mal an, wie die ganze Wirtschaft aufgebaut ist . . .«

Ford grinste, machte einen Umweg um den nächsten Block, der jetzt in Flammen stand, fand einen Polizeihubschrauber, der unbeaufsichtigt auf der Straße stand, brach in ihn ein, schnallte sich an, drückte sich die Daumen und schickte ihn unbeholfen kapriolend in den Himmel. Er schlängelte sich in furchterregender Weise durch die schluchtartigen Mauern der Stadt nach oben, und als er sie unter sich gelassen hatte, schlenkerte er durch die schwarzrote Qualmwolke, die permanent darüber hing.

Zehn Minuten später brachte Ford Prefect den Hubschrauber, dessen sämtliche Sirenen heulten und dessen Schnellfeuerkanonen aufs Geratewohl in die Wolken ballerten, im Sturzflug runter zwischen die Signalbrücken und Landelichter des Raumflughafens von Han Dold, wo er sich wie eine riesenhafte erschreckte und sehr laute Mücke niederließ.

Da Ford ihn nicht allzu sehr beschädigt hatte, war er in der Lage, ihn gegen ein Erster-Klasse-Ticket auf dem nächsten Raumschiff einzutauschen, das das System verließ, und er machte es sich in einem der riesigen, sinnlichen, den Körper umschmeichelnden Sitzen bequem.

Das wird lustig, dachte er im stillen, als das Raumschiff sich geräuschlos durch die wahnsinnigen Entfernungen des unergründlichen Weltraums blinkerte und der Kabinenservice voll in seinen extravaganten Swing kam.

»Ja bitte«, sagte er jedesmal zu den Kabinenstewarts, wenn sie herangeglitten kamen, um ihm aber auch alles anzubieten.

Er lächelte seltsam manisch-vergnügt, als er nochmal den auf rätselhafte Weise wiederhergestellten Artikel über den Planeten Erde durchging. Da hatte er ein größeres Stück unfertiger Arbeit, das er nun würde erledigen können, und er war ungeheuer erfreut darüber, daß das Leben ihm plötzlich ein ernsthaftes Ziel vorgesetzt hatte, das er erreichen mußte.

Ihm kam mit einemmal die Frage in den Sinn, wo wohl Arthur Dent sei, und ob er das wisse.

Arthur Dent befand sich eintausendvierhundertsiebenunddreißig Lichtjahre entfernt in einem Saab und war sehr beunruhigt.

Auf dem Rücksitz hinter ihm saß ein Mädchen, um dessentwillen er beim Einsteigen mit dem Kopf gegen die Tür gestoßen war. Er wußte nicht, ob das passiert war, weil es das erste Mädchen seiner eigenen Spezies war, das er seit Jahren zu Gesicht bekam, oder woran es sonst lag, jedenfalls fühlte er sich völlig benommen von, von . . .

Das ist doch absurd, sagte er sich. Beruhige dich, sagte er sich. Du bist, sagte er sich mit der bestimmtesten inneren Stimme, die er auftreiben konnte, in keinem guten und vernünftigen Zustand. Du bist eben über hunderttausend Lichtjahre quer durch die Galaxis getrampt, du bist sehr müde, ein bißchen durcheinander und äußerst anfällig. Entspanne dich, bloß keine Panik, bemühe dich, tief durchzuatmen.

Er drehte sich auf seinem Sitz um.

»Sind Sie *sicher,* sie ist okay?« sagte er wieder.

Außer der Tatsache, daß sie – für ihn – nervenzerfetzend schön war, konnte er nicht viel erkennen, weder wie groß sie war, noch wie alt sie war oder die genaue Färbung ihres Haars. Auch konnte er sie nach nichts über sie fragen, weil sie traurigerweise vollkommen ohne Besinnung war.

»Sie steht bloß unter Drogen«, sagte ihr Bruder, zuckte die Schultern und wandte kein Auge von der Straße vor sich.

»Ach, und das ist okay?« fragte Arthur alarmiert.

»Ist mir recht«, sagte er.

»Ah«, sagte Arthur. »Äh«, fügte er nach einigem Nachdenken hinzu.

Die Unterhaltung war so weit überraschend schlecht verlaufen.

Nach einem einleitenden Gewirr von Begrüßungs-Hallos hatten er und Russell – der Bruder des wundervollen Mädchens hieß Russell, ein Name, der Arthurs Meinung nach immer an stämmige Männer mit blonden Schnurrbärten und föngetrockneten Haaren erinnerte, die sich bei der leisesten Provokation sofort in Samtsmokings und gerüschte Vorhemden schmissen und dann mit Gewalt daran gehindert werden mußten, sich über Billardturniere auszulassen – schnell entdeckt, daß sie sich absolut nicht mochten.

Russell war ein stämmiger Mann. Er hatte einen blonden Schnurrbart. Sein Haar war adrett und föngetrocknet. Um ehrlich zu sein – obwohl Arthur, von der geistigen Übung an sich mal abgesehen, keine Notwendigkeit dafür sah – machte er, Arthur, selbst einen ziemlich schrecklichen Eindruck. Ein Mensch kann nicht hunderttausend Lichtjahre zurücklegen, meistens in anderer Leute Frachtabteilen, ohne allmählich ein bißchen schäbig auszusehen, und Arthur sah ungeheur schäbig aus.

»Sie ist kein Junkie«, sagte Russell plötzlich, als dächte er, jemand anderer im Wagen könne einer sein. »Sie steht unter Beruhigungsmitteln.«

»Aber das ist ja schrecklich«, sagte Arthur, der sich wieder umdrehte, um sie sich anzusehen. Sie schien sich leicht zu bewegen, und ihr Kopf glitt zur Seite auf die Schulter. Ihr dunkles Haar fiel ihr über das Gesicht und verdeckte es.

»Was ist mit ihr, ist sie krank?«

»Nein«, sagte Russell, »nur total gehirnalbern.«

»Was?« fragte Arthur entsetzt.

»Übergeschnappt, vollkommen plemplem. Ich bringe sie gerade wieder ins Sanatorium, damit sie's nochmal mit ihr probieren. Sie haben sie entlassen, als sie immer noch glaubte, sie wäre ein Igel.«

»Ein Igel?«

Russell drückte wütend auf die Hupe wegen eines Wagens, der halb auf ihrer Straßenseite auf sie zukurvte und sie zum Ausweichen zwang. Der Zorn schien seine Laune zu heben.

»Naja, vielleicht kein Igel«, sagte er, nachdem er sich wieder beruhigt hatte. »Obwohl es möglicherweise einfacher wäre, damit umzugehen, wenn sie einer wäre. Wenn jemand glaubt, er ist ein Igel, müßte man ihm wahrscheinlich bloß einen Spiegel und ein paar Igelbilder in die Hand drücken und ihm sagen, er sollte selber vergleichen und sich wieder blicken lassen, wenn's ihm besser geht. Wenigstens die Medizin könnte damit was anfangen, darum geht es. Scheint aber nicht gut genug für Fenny zu sein.«

»Fenny . . .?«

»Wissen Sie, was ich ihr zu Weihnachten geschenkt habe?«

»Äh, nein.«

»Black's Medizinisches Lexikon.«

»Schönes Geschenk.«

»Hab ich auch gedacht. Tausende von Krankheiten drin, alle alphabetisch geordnet.«

»Sie sagen, sie heißt Fenny?«

»Jaja. Du hast die freie Wahl, sagte ich. Alles hier drin kann man behandeln. Die richtigen Medikamente können verschrieben werden. Aber nein, sie muß was anderes haben. Bloß um einem das Leben schwer zu machen. Sie war auf der Schule schon so, wissen Sie.«

»Tatsächlich?«

»Ja. Fiel beim Hockeyspielen hin und brach sich einen Knochen, von dem noch niemand was gehört hatte.«

»Ich verstehe, ganz schön ärgerlich«, sagte Arthur zweifelnd. Er war ziemlich enttäuscht darüber, daß sie Fenny hieß. Das war ein furchtbar dämlicher, deprimierender Name, den sich vielleicht eine reizlose, altjüngferliche Tante zulegen mochte, die ihren Namen Fenella nicht ausstehen konnte.

»Nicht daß ich kein Mitleid gehabt hätte«, fuhr Russell fort, »aber es wurde wirklich ein bißchen ärgerlich. Monatelang hat sie gehumpelt.«

Er trat auf die Bremse. »Das ist Ihre Abzweigung, stimmt's?«

»Äh, nein«, sagte Arthur, »noch fünf Meilen weiter. Falls es Ihnen nichts ausmacht.«

»Okay«, sagte Russell nach einer winzigen Pause, um anzuzeigen, daß es ihm was ausmachte, und gab wieder Gas.

Es war wirklich Arthurs Abzweigung, aber er mochte nicht aussteigen, ohne etwas mehr über dieses Mädchen rauszukriegen, das solchen Eindruck auf ihn gemacht hatte, ohne überhaupt aufzuwachen. Er konnte eine der nächsten beiden Abzweigungen nehmen.

Sie führten zurück zu dem Ort, der sein Heimatort gewesen war, obwohl er Bedenken hatte, sich vorzustellen, was er dort vorfinden würde. Vertraute Wegmarken waren geisterhaft im Dunkeln vorbeigesaust und hatten die Schauder erzeugt, die nur sehr, sehr normale Dinge erzeugen können, wenn man sie unvorbereitet und in ungewohntem Licht sieht.

Nach seiner persönlichen Berechnung, soweit er sie anstellen konnte, nachdem einer so wie er unter fremden Kreisbahnen ferner Sonnen gelebt hatte, war es acht Jahre her, seitdem er aufgebrochen war, aber welche Zeit hier vergangen war, das konnte er kaum erraten. Ja, was überhaupt alles passiert war, ging über sein erschöpftes Fassungsvermögen hinaus, weil dieser Planet, sein Zuhause, eigentlich nicht hier sein durfte.

Von den riesigen gelben Vogonenschiffen, die am Mittagshimmel gehangen hatten, als wenn das Gesetz der Schwere nichts weiter sei als eine Gemeindeverordnung, und sie zu übertreten, nichts weiter als eine Parksünde, war dieser Planet vor acht Jahren zur Mittagszeit zerstört, total zerstört worden.

»Wahnvorstellungen«, sagte Russell.

»Was?« sagte Arthur, der aus seinen Gedanken hochschreckte.

»Sie sagt, sie leidet unter der seltsamen Wahnvorstellung, daß sie in der realen Welt lebt. Es hat keinen Zweck, ihr zu erzählen, daß sie *wirklich* in der realen Welt lebt, weil sie dann einfach sagt, deshalb seien die Wahnvorstellungen ja so seltsam. Ich kenne Sie nicht, aber ich finde Unterhaltungen dieser Art ziemlich ermüdend. Gebt ihr die Tabletten und geht einen saufen, ist meine Antwort. Ich meine, man kann doch nur rumpfuschen, stimmt's?«

Arthur zog die Stirne kraus, nicht zum ersten Mal.

»Tja . . .«

»Und all diese Träume und der Quatsch mit dem Alpdruck. Und die Ärzte, die die ganze Zeit von merkwürdigen Sprüngen in ihren Gehirnstrommustern reden.«

»Sprünge?«

»Dieser«, sagte Fenny.

Arthur fuhr auf seinem Sitz herum und starrte in ihre plötzlich offenen, aber vollkommen geistesabwesenden Augen. Was auch immer sie sah, es saß nicht mit im Auto. Ihre Augen flackerten, ihr Kopf zuckte einmal, dann schlief sie wieder friedlich.

»Was hat sie gesagt?« fragte er besorgt.

»Sie sagte: ›dieser‹.«

»Dieser was?«

»Dieser was? Wie zum Teufel soll ich das wissen? Dieser Igel, jener Kaminaufsatz, die andere Pinzette von Don Alfonso. Sie ist total gehirnalbern, ich meinte, ich hätte es erwähnt.«

»Sie sorgen sich anscheinend nicht viel darum.« Arthur versuchte es so sachlich wie möglich zu sagen, aber es schien nicht zu klappen.

»Hör zu, Kumpel . . .«

»Okay, tut mir leid. Es geht mich ja nichts an. Ich wollte nicht diesen Eindruck erwecken«, sagte Arthur. »Ich weiß, Sie sorgen sich sehr darum, ganz offensichtlich«, fügte er hinzu, eine Lüge. »Ich weiß, daß Sie irgendwie damit fertigwerden müssen. Sie müssen mich bitte entschuldigen. Ich komme gerade von der anderen Seite des Pferdekopfnebels getrampt.«

Er starrte wütend aus dem Fenster.

Ihn erstaunte, daß in dieser Nacht, in der er zu seinem Heimatstern zurückkehrte, der, wie er gemeint hatte, für immer im Vergessen versunken sei, von allen Gefühlen, die in seinem Kopf Raum beanspruchten, das einzige, das ihn umwarf, die besessene Zuneigung zu einem Mädchen war, von dem er nichts weiter wußte, als daß es »dieser« zu ihm gesagt hatte, und daß er den Bruder keinem Vogonen auf den Hals wünschte.

»Und, äh, was waren diese Sprünge, die Sprünge, von denen Sie eben sprachen?« redete er so schnell, wie er konnte, weiter.

»Hören Sie zu, das ist meine Schwester, ich weiß gar nicht, warum ich mit Ihnen darüber rede . . .«

»Okay, tut mir leid. Vielleicht lassen Sie mich am besten raus. Das hier ist . . .«

In dem Augenblick, als er das sagte, war das unmöglich, weil das Unwetter, das an ihnen vorbeigezogen war, plötzlich wieder losbrach. Blitze zuckten über den Himmel, und jemand schien über sie etwas auszuschütten, das dem Atlantischen Ozean sehr ähnlich sah, wenn man ihn durch ein Sieb gießt.

Russell fluchte und fuhr ein paar Sekunden mit äußerster Konzentration weiter, während der Himmel auf sie runterklatschte. Er machte seiner Wut Luft, indem er tollkühn Gas gab, um an einem Laster vorbeizukommen, auf dem »McKenna's Allwetter-Speditionen« stand. Die Spannung legte sich, als der Regen nachließ.

»Es fing alles mit dieser Geschichte von dem CIA-Agenten an, den man im Stausee fand, als alle diese Halluzinationen und so weiter hatten, erinnern Sie sich?«

Arthur überlegte einen Moment, ob er nochmal erwähnen solle, daß er gerade von der anderen Seite des Pferdekopfnebels getrampt komme und aus diesen und verschiedenen anderen damit zusammenhängenden und überraschenden Gründen ein bißchen den Kontakt zu den neuesten Ereignissen verloren habe, aber er kam zu dem Schluß, daß es die Dinge nur weiter kompliziere.

»Nein«, sagte er.

»In dem Augenblick drehte sie durch. Sie saß irgendwo in einem Café. Rickmansworth. Ich weiß nicht, was sie da tat, aber dort drehte sie jedenfalls durch. Anscheinend stand sie auf, verkündete seelenruhig, daß sie irgendeine außergewöhnliche Entdeckung oder sowas gemacht habe, wankte ein bißchen, guckte wirr und fiel schließlich schreiend in ein Eier-Sandwich.«

Arthur zuckte zusammen. »Das tut mir sehr leid«, sagte er ein bißchen steif.

Russell ließ eine Art Knurren hören.

»Und was«, sagte Arthur in einem Versuch, die Situation wieder zu leimen, »machte der CIA-Agent in dem Stausee?«

»Er dümpelte natürlich ein bißchen auf und ab. Er war tot.«

»Aber was . . .«

»Na, kommen Sie, Sie erinnern sich doch an den Quatsch. Die Halluzinationen. Alle sagten,es wäre was schiefgelaufen, als der CIA Versuche mit Drogen-Kriegsführung machte oder sowas Ähnliches. Irgend so eine bekloppte Theorie, daß, statt ein Land zu überfallen, es viel billiger und wirkungsvoller wäre, bei allen Leuten den *Eindruck* zu erwecken, sie seien überfallen worden.«

»Und was für Halluzinationen waren das genau . . .,« fragte Arthur mit ziemlich ruhiger Stimme.

»Was meinen Sie damit, was für Halluzinationen? Ich rede von dem ganzen Quatsch mit den riesigen gelben Raumschiffen, als alle verrückt wurden und schrien, wir müßten sterben, und dann: Peng! verschwanden sie wieder, als die Wirkung nachließ. Der CIA dementierte, was bedeutet, es muß wahr gewesen sein.«

Arthur wurde ein bißchen schwindlig im Kopf. Er faßte nach etwas, um sich zu stützen, und er faßte es fest. Sein Mund machte kleine Auf- und Zu-Bewegungen, als habe er vor, etwas zu sagen, aber es kam nichts.

»Jedenfalls«, fuhr Russell fort, »welche Droge es auch war, bei Fenny ließ sie anscheinend nicht so schnell nach. Ich war drauf und dran, den CIA zu verklagen, aber ein Freund von mir, der Anwalt ist, sagte, es wäre so, als wolle man versuchen, ein Irrenhaus mit einer Banane anzugreifen, und so . . .« Er zuckte mit den Schultern.

»Die Vogonen . . .«, quiekte Arthur. »Die gelben Raumschiffe . . . *verschwanden*?«

»Ja, natürlich taten sie das, sie waren Halluzinationen«, sagte Russell und sah Arthur merkwürdig an. »Wollen Sie damit vielleicht sagen, Sie erinnern sich nicht daran? Wo sind Sie denn bloß gewesen, um Himmels willen?«

Das war, Arthurs Ansicht nach, eine so erstaunlich gute Frage, daß er vor Schreck von seinem Sitz halb in die Höhe sprang.

»Herrgott!!!« schrie Russell, der sich bemühte, den Wagen unter Kontrolle zu bringen, der plötzlich ins Schleudern kam. Er riß ihn aus der Bahn eines entgegenkommenden Lastwagens und wich seitwärts auf eine grasbewachsene Böschung aus. Als der Wagen schlingernd zum Halten kam, wurde das Mädchen auf der Rückbank gegen Russells Sitz geschleudert, wo es unbeholfen zusammensackte.

Arthur fuhr entsetzt herum.

»Ist ihr was passiert?« stieß er hervor.

Russell strich sich wütend mit der Hand das föngetrocknete Haar zurück. Er zerrte an seinem Schnurrbart. Er wandte sich an Arthur.

»Würden Sie bitte«, sagte er, »die Handbremse loslassen?«

6

Von hier war es noch ein Vier-Meilen-Weg bis zu seinem Dorf: eine Meile bis zu der Abzweigung, zu der ihn mitzunehmen der widerliche Russell nun wütend abgelehnt hatte, und von dort weitere drei Meilen über einen sich hinschlängelnden Feldweg.

Der Saab zischte in die Nacht davon. Arthur sah ihn so verdutzt wegfahren, wie nur jemand verdutzt sein kann, der fünf Jahre geglaubt hat, er ist vollkommen blind, und plötzlich entdeckt, daß er bloß einen viel zu großen Hut getragen hat.

Er schüttelte heftig den Kopf in der Hoffnung, das könnte vielleicht irgendeine in die Augen fallende Tatsache nochmal hochjagen, bis sie sich am richtigen Platz niederließe und einen Sinn ergäbe in einem ansonsten außerordentlich verwirrenden Universum, aber da die in die Augen fallende Tatsache, falls es überhaupt eine gab, das absolut nicht tat, stiefelte er weiter die Straße entlang und hoffte, ein guter, kräftiger Fußmarsch und vielleicht sogar ein paar gute, schmerzhafte Blasen würden ihm helfen, ihn wenigstens seiner eigenen Existenz zu versichern, wenn nicht sogar der Erkenntnis, daß er noch bei Verstand sei.

Es war halb elf, als er ankam, eine Tatsache, die er an dem beschlagenen, fettigen Fenster der Kneipe »Horse and Groom« erkannte, in dem schon viele Jahre eine ziemlich mitgenommene alte Guinness-Uhr hing, auf der man ein Emu sehen konnte, dem ein Pint-Glas recht ergötzlich in den Hals gerammt wurde.

Das hier war die Kneipe, in der er die verhängnisvolle Mittagszeit verbracht hatte, während der erst sein Haus und dann der gesamte Planet Erde zerstört worden war oder vielmehr scheinbar zerstört worden war. Nein, verdammt nochmal, *zerstört* worden war, denn wenn das nicht der Fall wäre, wo zum Kuckuck wäre er dann die letzten acht Jahre *gewesen* und wie wäre er dorthin gelangt, wenn nicht in einem der riesigen gelben Vogonen-Raumschiffe, die, wie der grauenhafte Russell ihm soeben erzählt hatte, reine Drogen-Halluzinationen waren, und trotzdem, wenn sie *wirklich* zerstört worden war, worauf stand er dann im Augenblick . . .?

Er trat voll auf die Bremse dieses Gedankengangs, weil der ihn bestimmt kein Stück weiter brächte als die letzten zwanzig Male, die er ihn am Wickel hatte.

Er fing nochmal von vorne an.

Das hier war die Kneipe, in der er die verhängnisvolle Mittagszeit verbracht hatte, während der, was immer auch passiert war (und das würde er später noch rausfinden), passiert war, und . . .

Es ergab immer noch keinen Sinn.

Er fing nochmal von vorne an.

Das hier war die Kneipe, in der . . .

Das hier war *eine* Kneipe.

In Kneipen wurden Drinks serviert, und er konnte gerade so richtig einen gebrauchen.

Zufrieden, daß seine verhedderten Gedankengänge wenigstens zu einem Schluß gelangt waren, und zu einem Schluß, über den er erfreut war, wenn's auch nicht der war, zu dem er hatte gelangen wollen, ging er auf die Tür zu.

Und blieb stehen.

Ein kleiner schwarzer Drahthaarterrier kam hinter einer niedrigen Mauer hervorgerannt, erblickte Arthur und fing an zu knurren.

Nun kannte Arthur diesen Hund, er kannte ihn sogar gut. Er gehörte einem seiner Freunde in der Werbung und hieß Keine-Ahnung-Bonzo, weil die Art, wie ihm die Haare auf dem Kopf zu Berge standen, die Leute an den Präsidenten der Vereinigten Staaten von Amerika erinnerte, und der Hund kannte Arthur oder hätte das zumindest tun sollen. Er war ein dummer Hund, konnte nicht mal einen TelePrompter lesen, weswegen manche Leute etwas gegen seinen Namen einzuwenden hatten, aber er hätte zumindest in der Lage sein müssen, Arthur wiederzuerkennen, anstatt mit gesträubten Nackenhaaren dazustehen, als wenn Arthur die furchtbarste Erscheinung wäre, die ihm in seinem geistlosen Leben je vorgekommen war.

Das brachte Arthur auf den Gedanken, nochmal auf das Fenster zu gucken, diesmal mit einem Blick nicht für das erstickende Emu, sondern für sich.

Er sah sich plötzlich zum ersten Mal in einer vertrauten Umgebung und mußte zugeben, daß der Hund einen Grund hatte.

Er sah ganz so aus wie etwas, was ein Bauer dazu benutzen würde, Vögeln Angst einzujagen, und es bestand gar kein Zweifel, daß in seiner gegenwärtigen Verfassung den Pub zu betreten, kritische Bemerkungen von der rauheren Sorte erregen würde, und schlimmer noch, es wären im Augenblick zweifellos mehrere Leute dort drin, die er kannte und die ihn auf jeden Fall sämtlichst mit Fragen bombardieren würden, mit denen zu befassen er sich im Moment schlecht gerüstet fühlte.

Will Smithers zum Beispiel, der Besitzer von Keine-Ahnung-Bonzo, dem Nicht-Wunderhund, einem Köter, der so dämlich war, daß er aus einem von Wills eigenen Werbefilmen rausgeschmissen wurde, weil er einfach nicht dahinter kam, welches Hundefutter er lieber als die anderen mögen sollte, obwohl in allen anderen Näpfen über das Fleisch Maschinenöl gekippt war.

Will wäre bestimmt drin. Hier war sein Hund, dort stand sein Wagen, ein grauer Porsche 928 S mit einem Aufkleber auf der Heckscheibe, auf dem stand: »Mein Zweitwagen ist auch ein Porsche.« Der Teufel sollte ihn holen.

Er starrte ihn an und bemerkte, daß er gerade auf etwas gestoßen war, was er vorher gar nicht bemerkt hatte.

Wie die meisten überbezahlten und unterpingeligen Arschlöcher, die Arthur in der Werbung kannte, legte Will Smithers großen Wert darauf, seinen Wagen jeden August gegen einen neuen umzutauschen, damit er den Leuten erzählen konnte, sein Steuerberater lege ihm das nahe, obwohl die Wahrheit war, daß sein Steuerberater wie verrückt versuchte, ihn davon abzubringen bei all den Alimenten, die er zu zahlen hatte, und so weiter – und das hier war derselbe Wagen, den er, wie Arthur sich erinnerte, auch vorher schon gehabt hatte. Das Nummernschild zeigte deutlich das Jahr seiner Zulassung.

Vorausgesetzt, es war jetzt Winter und das Ereignis, das Arthur vor acht seiner persönlichen Jahre so viel Scherereien gebracht hatte, war Anfang September geschehen, dann konnten hier höchstens sechs oder sieben Monate vergangen sein.

Einen Augenblick stand er furchtbar reglos da und ließ Keine-Ahnung-Bonzo an sich hochspringen und ihn ankläffen. Er war mit einemmal wie vom Schlag gerührt von einer Erkenntnis, die er nicht länger übersehen durfte, nämlich: er selbst war nun ein Fremdling auf seinem eigenen Planeten. Selbst wenn man es versuchen sollte, niemand wäre auch nur *imstande*, ihm seine Geschichte zu glauben. Sie hörte sich nicht bloß absolut verrückt an, ihr widersprachen auch schlicht die simpelsten wahrnehmbaren Tatsachen.

War das hier *wirklich* die Erde? Bestand die leiseste Möglichkeit, daß er irgendeinen ungeheuren Fehler gemacht hatte?

Die Kneipe vor ihm war ihm in jeder Einzelheit unerträglich vertraut – jeder Ziegel, jedes Fleckchen abblätternde Farbe; und er konnte ihre vertraute dumpfe, geräuschvolle Wärme drinnen ahnen, ihre rustikalen Balken, ihre unechten schmiedeeisernen Lampengebilde, ihre Theke, die von Bier klebte, in dem Leute, die er kannte, ihre Ellbogen hatten, überragt von aus Pappe gestanzten Mädchen, die stapelweise Erdnußpäckchen auf ihren Brüsten balancierten. Das gehörte alles zu seiner Heimat, seiner Welt.

Er kannte sogar diesen verdammten Hund.

»He, Keine-Ahnung!«

Der Klang von Will Smithers' Stimme hieß, daß Arthur sich schnell entscheiden mußte, was er tun wollte. Wenn er hier die Stellung behauptete, würde er entdeckt werden, und der ganze Zirkus ginge los. Sich zu verstecken, würde diesen Augenblick bloß aufschieben, und es war jetzt bitter kalt.

Die Tatsache, daß es Will war, machte die Entscheidung leichter. Nicht, daß Arthur ihn besonders verabscheut hätte – Will war recht komisch. Es war nur so, daß er auf eine ungeheuer ermüdende Art komisch war, weil er, da er in der Werbung war, einem unbedingt mitteilen mußte, wieviel Spaß er dabei hatte und wie er an seine Jacke gekommen war. Dieses vor Augen, versteckte sich Arthur hinter einem Lastwagen.

»He, Keine-Ahnung, was ist los?«

Die Tür ging auf und Will kam in einer ledernen Fliegerjacke raus, in die er einen Kumpel vom Straßen-Forschungslabor eigens ein Auto hatte sausen lassen, damit sie dieses schäbige Aussehen bekam. Keine-Ahnung kläffte vor Freude, und da er die Aufmerksamkeit hatte, die er wollte, war er froh, Arthur zu vergessen.

Will war mit ein paar Freunden da, und sie hatten ein Spielchen, das sie mit dem Hund spielten.

»Kommunisten!« riefen sie alle im Chor dem Hund zu. »Kommunisten, Kommunisten, Kommunisten!!!«

Der Hund drehte vor Gebell fast durch, sprang hin und her und kläffte sich das Herz aus dem Leibe, außer sich vor hysterischer Wut. Sie lachten und feuerten ihn an, dann gingen sie nach und nach zu ihren Autos und verschwanden in der Nacht.

Also, das klärt eine Sache, dachte Arthur hinter dem Lastwagen, das hier ist ganz fraglos der Planet, den ich in Erinnerung habe.

7

Sein Haus war noch da.

Wieso oder warum, konnte er sich nicht denken. Er hatte beschlossen, mal hinzugehen und nachzusehen, während er darauf wartete, daß sich die Kneipe leerte, so daß er den Wirt um ein Bett für die Nacht bitten konnte, falls alles andere weg wäre. Und da stand es.

Eilig schloß er es mit einem Schlüssel auf, den er unter einem steinernen Frosch im Garten liegen hatte, weil merkwürdigerweise das Telefon klingelte.

Er hatte es den ganzen Weg herauf schwach läuten hören und war losgerannt, als ihm klar wurde, woher das Klingeln kam.

Die Tür mußte er wegen des verblüffend großen Haufens Postwurfsendungen auf der Fußmatte mit Gewalt aufdrücken. Sie keilte sich auf etwas fest, das, wie er später feststellte, vierzehn vollkommen identische, an ihn persönlich adressierte Einladungen zum Erwerb einer Kreditkarte waren, die er bereits hatte, siebzehn vollkommen identische Drohbriefe wegen der Nicht-Bezahlung von Rechnungen auf eine Kreditkarte, die er nicht hatte, dreiunddreißig vollkommen identische Briefe, in denen stand, daß er als Mensch von Geschmack und Urteilsvermögen, der wisse, was er wolle und wohin er strebe in der verfeinerten und jet-settigen Welt von heute, speziell und persönlich ausgewählt worden sei, um aus vorgenannten Gründen irgendeine plöterige Brieftasche zu erwerben, sowie ein totes, getigertes Kätzchen.

Er quetschte sich durch die relativ enge Öffnung, die von all dem freigelassen wurde, stolperte durch einen Stapel Weinangebote, die sich kein urteilsfähiger Kenner würde entgehen lassen wollen, schlitterte über einen Haufen Prospekte über Ferien in irgendwelchen Strandvillen, polterte die dunkle Treppe hoch zu seinem Schlafzimmer und gelangte ans Telefon, als es gerade aufhörte zu klingeln.

Er ließ sich keuchend auf sein kaltes, muffiges Bett fallen und unterließ für ein paar Minuten den Versuch, die Welt daran zu hindern, sich in einer Weise, die ihr offensichtlich Spaß machte, um seinen Kopf herumzudrehen.

Als ihr das Vergnügen an dem Getrudele vergangen war und sie sich ein bißchen beruhigt hatte, streckte Arthur die Hand zur Nachttischlampe aus, obwohl er nicht erwartete, daß sie anginge. Zu seiner Überraschung tat sie es. Das entsprach Arthurs Sinn für Logik. Denn da das Elektrizitätswerk ihm jedesmal, wenn er die

Rechnung bezahlt hatte, unfehlbar den Strom abschaltete, erschien es ihm nur logisch, daß es ihm den Strom ließ, wenn er nicht bezahlte. Wenn man denen Geld schickte, machte man sich bloß verdächtig.

Das Zimmer war ziemlich so, wie er es verlassen hatte, das heißt entsetzlich unordentlich, obwohl der Eindruck durch eine dicke Staubschicht ein bißchen gemildert wurde. Halbgelesene Bücher und Zeitschriften sielten sich zwischen Bergen halbbenutzter Handtücher. Halbe Sockenpaare ruhten in halb ausgetrunkenen Kaffeetassen. Was einmal ein halbgegessenes Sandwich gewesen war, hatte sich nun halbwegs in etwas verwandelt, wovon Arthur ganz und gar nicht Kenntnis zu nehmen wünschte. Laß einen Blitzstrahl durch das Ganze sausen, dachte er im stillen, und du würdest die Entstehung des Lebens nochmal in Gang setzen.

Es gab nur eines in dem Zimmer, was anders war.

Einen Moment lang erkannte er nicht, was dieses eine war, das anders war, weil es ebenfalls mit einer Schicht ekelhaften Staubes zugedeckt war. Dann erfaßten es seine Augen und blieben daran hängen.

Es lag neben dem schäbigen alten Fernseher, in dem man nur noch die Kurse der Fernuniversität sehen konnte, denn falls er versucht hätte, irgendwas Spannenderes zu zeigen, wäre er auseinandergefallen.

Es war eine Schachtel.

Arthur stützte sich auf die Ellbogen und stierte sie an.

Es war eine graue Schachtel, die irgendwie matt schimmerte. Es war eine würfelförmige graue Schachtel von etwas über dreißig Zentimetern Seitenlänge. Sie war mit einem einfachen grauen Band zugebunden, das oben zu einer zierlichen Schleife verknotet war.

Er stand auf, ging hinüber und berührte die Schachtel voller Staunen. Was es auch war, es war deutlich als Geschenk eingepackt, ordentlich und schön, und wartete darauf, daß er es auspackte.

Vorsichtig hob er es auf und trug es zum Bett. Er wischte den Staub von der Oberseite und knotete das Band auf. Die Oberseite der Schachtel war eine Klappe mit einer Lasche, die in die Schachtel hineingeschoben war.

Er klappte sie auf und sah hinein. Sie enthielt eine Glaskugel, die in feines graues Seidenpapier gebettet war. Er zog sie vorsichtig heraus. Es war keine richtige Kugel, denn sie war unten oder, wie Arthur bemerkte, als er sie umdrehte, oben offen und hatte einen dicken Rand. Es war ein Glasgefäß. Ein Goldfischglas.

Es war aus dem allerherrlichsten Glas, vollkommen durchsichtig, aber von einem ganz ungewöhnlichen Silbergrau, als wenn es aus Kristall und Schiefer gemacht wäre.

Arthur drehte es in seinen Händen langsam um und um. Es war eins der schönsten Dinge, die er je gesehen hatte, aber es verwirrte ihn völlig. Er guckte in die Schachtel, aber außer dem Seidenpapier war nichts darin. Auch außen an der Schachtel war nichts zu sehen.

Er drehte das Glas wieder herum. Es war wundervoll. Es war wunderwunderschön. Aber es war ein Fischglas.

Er klopfte mit dem Daumennagel dagegen, und es ließ ein tiefes, herrliches Klingen hören, das länger anhielt, als möglich schien, und als es schließlich verklang, verlor es sich nicht, sondern schwebte, schien es, in andere Welten davon wie in einen tiefen Meerestraum.

Verzückt drehte Arthur es noch einmal herum, und diesmal fiel das Licht der staubigen kleinen Nachttischlampe in einem anderen Winkel darauf und glitzerte auf irgendwelchen feinen Abschürfungen auf der Oberfläche des Fischglases. Er hielt es in die Höhe, korrigierte den Winkel zum Licht und sah plötzlich deutlich die zierlich eingravierten Form von Wörtern auf dem Glas erscheinen.

»Macht's gut«, stand da, »und danke . . .«

Und das war alles. Er zwinkerte und begriff überhaupt nichts.

Volle fünf Minuten drehte er das Ding immer rundherum, hielt es in den verschiedensten Winkeln gegen das Licht, klopfte wegen seines faszinierenden Klingens dagegen und grübelte über den

Sinn der schattenhaften Buchstaben nach, konnte aber keinen finden. Schließlich stand er auf, füllte das Glas mit Wasser aus dem Hahn und stellte es wieder auf den Tisch neben dem Fernseher. Er schüttelte den kleinen Babelfisch aus seinem Ohr und ließ das Zappelding in das Glas fallen. Er würde ihn jetzt nicht mehr gebrauchen, außer wenn er sich ausländische Filme ansähe.

Er legte sich wieder auf das Bett und knipste das Licht aus.

Er lag still und ruhig da. Er nahm die ihn umhüllende Dunkelheit in sich auf, entspannte seine Glieder langsam von einem Ende zum anderen, machte sich's bequem, regulierte seinen Atem, entleerte nach und nach seinen Kopf von allen Gedanken, schloß die Augen und war absolut außerstande einzuschlafen.

Die Nacht war ungemütlich und regnerisch. Die Regenwolken selbst waren nun weitergezogen und konzentrierten ihre Aufmerksamkeit im Augenblick auf eine kleine Fernfahrer-Raststätte kurz vor Bournemouth, aber der Himmel, durch den sie hindurchgeflogen waren, hatte sich gestört gefühlt und trug nun eine feucht-verstimmte Miene zur Schau, als wisse er nicht, wozu er sich vielleicht noch hinreißen lasse, falls er nochmal geärgert werde.

Der Mond hing ganz wässerig am Himmel. Er sah wie eine Papierkugel aus der Gesäßtasche von Jeans aus, die gerade aus der Waschmaschine gekommen sind, und wo nur die Zeit und ein Bügeleisen enthüllen können, ob es sich bei der Kugel um einen alten Einkaufszettel oder eine Fünf-Pfund-Note gehandelt hat.

Der Wind wirbelte ein bißchen herum wie der Schwanz eines Pferdes, das dahinterzukommen versucht, in welcher Stimmung es heute nacht ist, und eine Glocke schlug irgendwo Mitternacht.

Ein Dachfenster ging quietschend auf.

Es war widerspenstig und mußte ein bißchen gerüttelt und überredet werden, denn sein Rahmen war leicht verrottet und das

Scharnier war zu irgendeinem Zeitpunkt seines Lebens mal ziemlich gefühlvoll übermalt worden, aber schließlich war das Fenster offen.

Eine Strebe wurde gefunden, um es zu stützen, und eine Gestalt wand sich heraus in die enge Rinne zwischen den beiden einander gegenüberliegenden Schrägen des Daches.

Sie stand auf und beobachtete schweigend den Himmel.

Die Gestalt war absolut nicht mehr als das wüst aussehende Wesen zu erkennen, das vor etwas über einer Stunde wie von Sinnen über das Dorf hereingebrochen war. Verschwunden war der zerrissene, abgetragene Morgenmantel, der mit dem Morast von hundert Welten beschmiert, mit der Junk-Food-Würze von hundert dreckigen Raumflughäfen bekleckert war, verschwunden war die verfilzte Haarmähne, verschwunden der lange, verhedderte Bart, dieses blühende Ökosystem, und alles.

Statt dessen stand da, glatt und salopp, Arthur Dent in Kordhosen und einem dicken Sweater. Sein Haar war gestutzt und gewaschen, sein Kinn sauber rasiert. Nur in den Augen war noch zu lesen, daß, ganz gleich, was das Universum noch mit ihm vorhaben sollte, er es trotzdem bitten würde, davon Abstand zu nehmen.

Es waren nicht dieselben Augen, mit denen er das letzte Mal speziell auf diese Szenerie geblickt hatte, und das Hirn, das die Bilder deutete, die die Augen zerlegten, war nicht dasselbe Hirn. Dazu war kein chirurgischer Eingriff nötig gewesen, nur die ständigen Püffe und Knüffe der Erfahrung.

Die Nacht erschien ihm in diesem Augenblick wie etwas Lebendiges und die dunkle Erde um ihn her wie ein Wesen, in dem er wurzelte.

Er spürte wie ein Prickeln auf fernen Nervenenden die Wasserfluten eines weit entfernten Flusses, die Wellung unsichtbarer Hügel, die Knäuel schwerer Regenwolken, die irgendwo weit weg im Süden hingen.

Er fühlte auch die Erregung, ein Baum zu sein, und das war etwas, was er nicht erwartet hatte. Er wußte, daß es sich gut anfühlte, wenn man seine Zehen in die Erde grub, aber ihm war nie bewußt gewesen, daß es sich so gut anfühlte. Er spürte eine fast unanständige Woge des Entzückens, die ihn vom New Forest her ergriff. Er müsse diesen Sommer mal versuchen, dachte er, wie sich's anfühlt, wenn man Blätter hat.

Aus einer anderen Richtung gelangte zu ihm das Gefühl, ein Schaf zu sein, das von einer fliegenden Untertasse erschreckt wird, aber es war im Grunde nicht zu unterscheiden von dem Gefühl, ein Schaf zu sein, das von irgend etwas anderem erschreckt wird, dem es noch nie begegnet ist, denn Schafe waren Kreaturen, die auf ihrer Reise durchs Leben sehr wenig lernten und verdutzt die Sonne am Morgen aufgehen sahen und über all das grüne Zeug auf den Feldern erstaunt waren.

Überrascht stellte er fest, daß er fühlte, wie das Schaf an dem Morgen über die Sonne verdutzt war, und auch am Morgen davor, und wie es am Tag vor diesem über ein Gehölz verdutzt war. Er konnte immer weiter zurückgehen, aber es wurde langweilig, weil nichts weiter vorkam als Schafe, die über irgendwas verdutzt waren, über das sie auch schon am Tag davor verdutzt gewesen waren.

Er verließ die Schafe und ließ seinen Geist in sich ausbreitenden Wellen schläfrig nach draußen treiben. Er spürte die Anwesenheit anderer Geister, Hunderte waren es, Tausende in einem Netz aus Gedanken, einige schläfrig, einige schlafend, einige furchtbar aufgeregt, einer gesprungen.

Einer gesprungen.

Er glitt flüchtig daran vorbei und versuchte, nochmal Fühlung mit ihm aufzunehmen, aber er entschlüpfte ihm wie die zweite Karte mit dem Apfel beim Memory-Spiel. Er spürte eine krampfhafte Erregung, weil er instinktiv wußte, wer es war, oder zumindest wußte er, wer es seinem Wunsch nach sein sollte, und wenn man erst mal weiß, wovon man sich wünscht, daß es wahr ist, ist der Instinkt eine sehr nützliche Einrichtung, um einen wissen zu lassen, daß es wahr ist.

Er wußte instinktiv, daß es Fenny war und daß er sie finden wollte; aber er konnte es nicht. Er bemühte sich so sehr darum, daß er fühlte, wie ihm diese merkwürdige neue Fähigkeit wieder entglitt, und so bremste er sich in seiner Suche und ließ seinen Geist noch einmal ungezwungener in der Gegend herumflanieren.

Und wieder spürte er diesen Sprung.

Wieder konnte er ihn nicht finden. Und was es auch war, wovon ihm diesmal sein Instinkt so fleißig einzureden versuchte, daß er es ruhig glauben könne, er war nicht sicher, daß es sich um Fenny handelte – oder es war vielleicht diesmal etwas anderes Gesprungenes. Es hatte ebenfalls dieses Zusammenhanglose an sich, wirkte aber mehr wie ein allgemeineres Gefühl des Gesprungenseins, tiefer, nicht wie ein einzelner Geist, vielleicht war es überhaupt kein Geist. Es war anders.

Er ließ seinen Geist langsam und weit in die Erde hinabsinken – rieselnd, sickernd, sinkend.

Er folgte der Erde durch deren Tage, ließ sich mit den Rhythmen ihrer Myriaden Pulsschläge treiben, sickerte durch das Netzwerk ihres Lebens, stieg mit ihren Gezeiten und drehte sich mit ihrer Schwere. Und immer kehrte dieses Gesprungene wieder, ein dumpfer, zusammenhangloser, ferner Schmerz.

Und nun flog er durch ein Land aus Licht; das Licht war die Zeit, deren Ströme entschwindende Tage waren. Das Gesprungene, das er gespürt hatte, das zweite, lag jenseits des Landes in der Ferne vor ihm, um die Dicke eines einzigen Haares jenseits der träumenden Landschaft der Tage der Erde.

Und plötzlich war er darüber.

Er tanzte schwindelig über den Rand, als das Traumland jäh unter ihm abfiel, ein die Sinne verwirrender Absturz ins Nichts, während er sich wie wahnsinnig drehte, sich an nichts klammernd, in erschreckendem Raum herumrudernd, wirbelnd, fallend.

Jenseits der gezackten Schlucht war ein anderes Land gewesen, eine andere Zeit, eine ältere Welt, nicht abgetrennt, sondern eben noch verbunden: zwei Erden. Er wachte auf.

Ein kaltes Lüftchen fegte über den fiebrigen Schweiß, der ihm auf der Stirn stand. Der Alptraum war am Ende, und er hatte das Gefühl, er auch. Seine Schultern hingen müde herunter, er rieb sich sanft die Augen mit den Fingerspitzen. Endlich war er sowohl schläfrig als auch hundemüde. Darüber, was der Traum bedeutete, wenn er überhaupt etwas bedeutete, würde er am Morgen nachdenken; jetzt würde er erst mal zu Bett gehen und schlafen. Sein eigenes Bett, seinen eigenen Schlaf.

Er konnte sein Haus in der Ferne sehen und fragte sich, warum das so war. Es hob sich als Silhouette gegen das Mondlicht ab, und er erkannte es an seiner ziemlich langweiligen, klobigen Form. Er blickte sich um und bemerkte, daß er etwa achtzehn Zoll über den Rosenbüschen eines seiner Nachbarn, John Ainsworth, schwebte. Dessen Rosenbüsche waren sorgsam gepflegt, zum Winter zurückgeschnitten, an Stöcke gebunden und etikettiert, und Arthur überlegte, was er über ihnen tue. Er fragte sich, was ihn da halte, und als er entdeckte, daß ihn da nichts hielt, purzelte er ungeschickt zu Boden.

Er rappelte sich hoch, putzte sich ab und humpelte auf einem verstauchten Knöchel zu seinem Haus zurück. Er zog sich aus und plumpste ins Bett.

Während er schlief, klingelte wieder das Telefon. Es klingelte fünfzehn Minuten hintereinander, was ihn veranlaßte, sich zweimal umzudrehen. Niemals aber bestand eine Chance, daß es ihn weckte.

8

Arthur wachte auf und fühlte sich prächtig, absolut fabelhaft, erfrischt, überglücklich zu Hause zu sein, berstend vor Energie, fast überhaupt nicht enttäuscht von der Feststellung, daß es Mitte Februar war.

Er tanzte geradezu zum Kühlschrank, nahm die drei am wenigsten schauerlichen Dinge raus, legte sie auf einen Teller und beobachtete sie sehr gespannt zwei Minuten lang. Da sie innerhalb dieser Zeit keinen Versuch machten, sich zu bewegen, nannte er sie Frühstück und aß sie. Untereinander machten sie einer bösartigen Weltraumkrankheit den Garaus, die er sich, ohne es zu wissen, ein paar Tage zuvor in den Gassümpfen von Flargathon eingefangen hatte und die andernfalls die halbe Bevölkerung der westlichen Hemisphäre getötet, die andere Hälfte mit Blindheit geschlagen und den Rest in Wahnsinn und Sterilität getrieben hätte, so daß die Erde also nochmal Glück hatte.

Er fühlte sich stark, er fühlte sich gesund. Er machte sich tatkräftig mit einem Spaten daran, die Reklamepost zu beseitigen, dann beerdigte er die Katze.

Gerade als er damit fertig war, ging das Telefon, aber er ließ es klingeln, während er einen Moment lang höflich innehielt. Wer immer es auch war, er würde wieder anrufen, wenn's wichtig war.

Er trampelte den Dreck von seinen Schuhen und ging ins Haus zurück.

In den Bergen Altpapier war eine kleine Zahl wichtiger Briefe gewesen – ein paar Schriftstücke der Gemeindeverwaltung, die das Datum von vor drei Jahren trugen und sich auf den beantragten Abriß seines Hauses bezogen, dazu ein paar Briefe darüber, daß man eine öffentliche Untersuchung zu dem ganzen Plan einer Umgehungsstraße in der Gegend ins Leben rufen müsse; es war auch ein alter Brief von Greenpeace dabei, die er gelegentlich unterstützte und die ihn um Hilfe bei ihrem Plan baten, Delphine und Wale aus ihren Gefängnissen zu befreien, sowie ein paar Postkarten von Freunden, die sich andeutungsweise darüber beklagten, daß er sich nie melde.

Er nahm sie alle und legte sie in einen Ordner, auf den er »Zu erledigen« schrieb. Und weil er sich an dem Morgen so kraftvoll und dynamisch fühlte, setzte er sogar »Dringend!« hinzu.

Er packte sein Handtuch und noch ein bißchen merkwürdigen Krimskrams aus der Plastiktasche, die er sich auf dem Mega-Market in Port Brasta gekauft hatte. Der Slogan auf der Seite war ein geistreiches, sehr kompliziertes Wortspiel in Lingua Centauri, das in jeder anderen Sprache vollkommen unverständlich und deshalb für einen Duty Free Shop auf einem Raumflughafen absolut witzlos war. Die Tasche hatte außerdem ein Loch, und so warf er sie weg.

Plötzlich wurde ihm mit einem schmerzhaften Stich bewußt, daß etwas anderes aus der Tasche gefallen sein mußte – wohl in dem kleinen Raumschiff, das ihn zur Erde gebracht und dabei freundlicherweise einen Umweg gemacht hatte, um ihn genau neben der A 303 abzusetzen. Er hatte sein abgewetztes und raumlädiertes Exemplar des Dinges verloren, mit dessen Hilfe er seinen Weg durch die unvorstellbaren Einöden des Weltraums gefunden hatte. Er hatte seinen Reiseführer *Per Anhalter durch die Galaxis* verloren.

Naja, sagte er sich, diesmal werde ich ihn bestimmt nicht mehr brauchen.

Er hatte ein paar Anrufe zu erledigen.

Er hatte beschlossen,wie er mit der Unmenge von Widersprüchen umgehen wollte, die seine Rückkehr heraufbeschwor: nämlich einfach so zu tun, als wäre nichts.

Er rief die BBC an und bat darum, zu seinem Abteilungsleiter durchgestellt zu werden.

»Oh, hallo, hier ist Arthur Dent. Tut mir leid, daß ich mich sechs Monate nicht habe blicken lassen, aber ich bin einfach durchgedreht.«

»Ach, keine Sorge. Dachte mir schon, es wäre wahrscheinlich irgend sowas. Kommt hier alle naselang vor. Wann können wir Sie zurückerwarten?«

»Wann wachen die Igel aus dem Winterschlaf auf?«

»Irgendwann im Frühling, denke ich.«

»Kurz danach bin ich wieder da.«

»Na wunderbar.«

Er blätterte die gelben Seiten durch und machte sich eine kurze Liste von Telefonnummern, bei denen er's versuchen wollte.

»Oh, hallo, ist dort das Old Elms-Krankenhaus? Ja, ich rufe nur mal an, um zu sehen, ob ich kurz mit Fenella sprechen könnte, äh . . . Fenella . . . Du lieber Gott, bin ich ein Dummkopf, nächstens vergesse ich noch meinen eigenen Namen, äh, Fenella . . . ist das nicht zum Lachen? Patientin bei Ihnen, dunkelhaariges Mädchen, wurde gestern abend eingeliefert . . .«

»Es tut mir leid, wir haben keine Patienten, die Fenella heißen.«

»Ach nein? Ich meinte natürlich Fiona, wir nennen sie nur Fen . . .«

»Tut mir leid, auf Wiederhören.«

Klick.

Sechs Gespräche nach diesem Muster knabberten allmählich an seinem tatkräftigen, dynamischen Optimismus, und er beschloß, bevor er ihn völlig verliere, würde er ihn mit zum Pub runternehmen und ein bißchen damit rumprotzen.

Er hatte die zündende Idee gehabt, wie er alles Unerklärliche und Unheimliche, was ihn betraf, mit einem Streich vom Tisch fegen könne, und er pfiff sich eins, als er die Tür, die ihn am Abend zuvor so entmutigt hatte, aufstieß.

»Arthur!!!«

Er grinste fröhlich in all die erstaunten Augen, die ihn aus den Kneipenecken anstarrten, und erzählte ihnen, wie prächtig er sich in Südkalifornien amüsiert habe.

9

Er ließ sich zu noch einem Bier einladen und nahm einen kräftigen Schluck.

»Natürlich hatte ich auch meinen eigenen Alchimisten.«

»Du hattest was?«

Er wurde leichtfertig, und er wußte es. Übermut und Hall and Woodhouse's bestes Helles waren eine Mischung, vor der man sich in acht nehmen mußte, aber eine ihrer ersten Wirkungen ist, daß man sich vor nichts mehr in acht nimmt, und der Punkt, an dem Arthur hätte aufhören und nichts mehr erklären sollen, war der Punkt, an dem er statt dessen anfing, seine Phantasie spazieren zu führen.

»Oh ja«, beharrte er mit einem glücklichen, glasigen Lächeln. »Deshalb habe ich ja auch so viel abgenommen.«

»Was?« fragte sein Publikum.

»Oh ja«, sagte er wieder. »Die Kalifornier haben die Alchimie wiederentdeckt. Oh ja.«

Wieder lächelte er.

»Nur«, sagte er, »in viel nützlicherer Form als die, die in . . .« Er wartete gedankenversunken, bis sich in seinem Kopf ein bißchen Grammatik gesammelt hatte. »In der man sie in der Antike praktizierte. Oder vielmehr«, fügte er hinzu, »damit Schiffbruch erlitt. Sie kriegten's nicht hin, nicht wahr. Nostradamus und die alle. Kamen nicht dahinter.«

»Nostradamus?« fragte einer aus seinem Publikum.

»Ich wußte gar nicht, daß der Alchimist war«, sagte ein anderer.

»Ich dachte«, sagte ein dritter, »der war Wahrsager.«

»Er wurde Wahrsager«, erklärte Arthur seinem Publikum, dessen Einzelteile allmählich ein bißchen schwankten und zu verschwimmen begannen, »weil er so ein lausiger Alchimist war. Das sollte man wissen.«

Er nahm wieder einen Schluck von seinem Bier. Das war etwas, was er acht Jahre nicht mehr gekostet hatte. Und er kostete und kostete.

»Was hat denn die Alchimie damit zu tun«, fragte ein kleiner Teil des Publikums, »daß man abnimmt?«

»Ich bin glücklich, daß ihr das fragt«, sagte Arthur. »Sehr glücklich. Und ich werde euch jetzt sagen, welche Beziehung besteht zwischen . . .« Er machte eine Pause. »Zwischen diesen beiden Dingen. Die Dinge, die ihr erwähnt habt. Ich werd's euch sagen.«

Er hielt inne und sortierte seine Gedanken. Es war, als sähe man Öltankern bei Dreipunktkehren im Ärmelkanal zu.

»Sie haben entdeckt, wie man überschüssiges Körperfett zu Gold macht«, sagte er, als er plötzlich wie die blinde Henne das Korn gefunden hatte.

»Du machst Witze.«

»Oh ja«, sagte er. »Nein«, verbesserte er sich, »die können das.«

Er wandte sich dem zweifelnden Teil seines Publikums zu – das waren alle, deshalb dauerte es eine kleine Weile, bis er sich ihm vollständig zugewandt hatte.

»Seid ihr schon mal in Kalifornien *gewesen*?« fragte er. »*Wißt* ihr überhaupt, was sie da alles machen?«

Drei Mitglieder seines Publikums sagten, sie wären schon mal dort gewesen, und er erzähle Quatsch.

»Ihr habt gar nichts gesehen«, beharrte er. »Oh ja«, fügte er hinzu, weil sich jemand bereit erklärte, noch eine Runde zu spendieren.

»Der Beweis«, sagte er und zeigte auf sich, wobei er sich um nicht mehr als ein paar Handbreit verfehlte, »steht vor euch. Vierzehn Stunden in Trance«, sagte er, »in einem Tank. In Trance. Im Tank. Ich glaube«, setzte er nach einer gedankenvollen Pause hinzu, »ich sagte das schon.«

Er wartete geduldig, bis die nächste Runde ausgeteilt war. Während dessen legte er sich das nächste Stück seiner Geschichte zurecht, das etwas über den Tank erzählen sollte, der nach einer Linie ausgerichtet werden mußte, die vom Polarstern senkrecht auf eine zwischen Mars und Venus gezogene Grundlinie ging, und er wollte gerade mit dem Versuch beginnen, das zu sagen, als er beschloß, es lieber sein zu lassen.

»Lange Zeit«, sagte er statt dessen, »im Tank. In Trance.« Er ließ seinen Blick streng über sein Publikum schweifen, um sicherzustellen, daß sie auch alle aufmerksam folgten.

Er nahm den Faden wieder auf.
»Wo war ich?« fragte er.
»In Trance«, sagte einer.
»Im Tank«, sagte ein anderer.
»Ah ja«, sagte Arthur. »Danke. Und langsam«, sagte er und preschte in seiner Geschichte voran, »langsam, langsam, langsam wird das . . . überschüssige Körperfett . . . zu . . .«, er machte um der Wirkung willen eine Pause, »sukku . . . suppu . . . subtuka . . .« – er macht eine Pause, um Atem zu holen – »subkutanem Gold, das man sich von einem Chirurgen rausschneiden lassen kann. Wieder aus dem Tank zu kommen, ist die Hölle. Was hast du gesagt?«
»Ich habe mich bloß geräuspert.«
»Ich habe das Gefühl, du glaubst mir nicht.«
»Ich habe mich geräuspert.«
»Sie hat sich geräuspert«, bestätigte ein bedeutender Teil des Publikums leise murrend.
»Oh ja«, sagte Arthur, »schon gut. Und den Erlös teilt man dann . . .«, er legte wieder eine Pause ein, um genaue Berechnungen anzustellen, »fifty-fifty mit dem Alchimisten. Machen 'ne Masse Geld!«
Er sah sich schwankend in seinem Publikum um und mußte unwillkürlich den Anflug von Skepsis in ihren verwirrten Gesichtern zur Kenntnis nehmen.
Er fühlte sich dadurch sehr verletzt.
»Wie sonst«, fragte er, »hätte ich es mir leisten können, mir das Gesicht senken zu lassen.«
Freundliche Arme begannen, ihm nach Hause zu helfen. »Hört doch mal zu«, protestierte er, als der kalte Februarwind ihm übers Gesicht fegte, »verlebt auszusehen, ist in Kalifornien im Moment die große Mode. Man muß aussehen, als hätte man die Galaxis kennengelernt. Das Leben, meine ich. Man muß aussehen, als hätte man das Leben kennengelernt. Und das habe ich mir machen lassen. Eine Gesichtssenkung. Legen Sie acht Jahre drauf,

habe ich gesagt. Ich hoffe, dreißig zu sein, kommt nie wieder in Mode, sonst habe ich 'ne Menge Geld zum Fenster rausgeworfen.«

Eine Weile fiel er in Schweigen, während die freundlichen Arme ihm weiter den Weg entlang zu seinem Haus halfen.

»Bin gestern zurückgekommen«, murmelte er. »Ich bin sehr sehr sehr glücklich, wieder zu Hause zu sein. Oder irgendwo, wo es ganz ähnlich aussieht . . .«

»Jetkrankheit«, flüsterte einer von seinen Freunden. »Lange Reise von Kalifornien hierher. Bringt einen 'n paar Tage ganz schön durcheinander.«

»Ich glaube, er ist überhaupt nicht dort gewesen«, murmelte ein anderer. »Ich möchte bloß wissen, wo er *wirklich* gewesen ist. Und was ihm passiert ist.«

Nach einem kurzen Schlaf stand Arthur auf und kramte ein bißchen im Haus rum. Er fühlte sich bedudelt, ein bißchen bedrückt und immer noch verwirrt von der Reise. Er überlegte, wie er wohl Fenny finden könne.

Er setzte sich und betrachtete das Fischglas. Er tippte wieder dagegen, und obwohl es mit Wasser gefüllt war und ein kleiner gelber Babelfisch ziemlich verzagt sich seinen Weg darin herumschluckte, ließ es sein tiefes, wohltönendes Klingen so klar und hypnotisch wie vorher hören.

Jemand möchte sich bei mir bedanken, dachte er bei sich. Er fragte sich nur, wer und wofür.

10

»Beim dritten Ton ist es ein Uhr . . . zweiunddreißig . . . und zwanzig Sekunden.

Piep . . . piep . . . piep.«

Ford Prefect unterdrückte ein kleines schadenfrohes Kichern, bemerkte, daß er keinen Grund hatte, es zu unterdrücken, und lachte laut los, ein niederträchtiges Lachen.

Er schaltete das ankommende Signal vom Sub-Etha-Netz auf das phantastische Hi-Fi-System des Raumschiffs durch, und die merkwürdige, ziemlich gespreizte Singsangstimme ertönte mit bemerkenswerter Deutlichkeit in der Kabine.

»Beim dritten Ton ist es ein Uhr . . . zweiunddreißig . . . und dreißig Sekunden.

Piep . . . piep . . . piep.«

Er drehte die Lautstärke ein klein wenig weiter auf, während er den Blick sorgsam auf die sich rasch verändernde Zahlentabelle in der Computeranzeige des Raumschiffs gerichtet hielt. Für die Länge der Zeit, die er im Sinn hatte, wurde die Frage des Energieverbrauchs bedeutungsvoll. Er wollte keinen Mord auf dem Gewissen haben.

»Beim dritten Ton ist es ein Uhr . . . zweiunddreißig . . . und vierzig Sekunden.

Piep . . . piep . . . piep.«

Er überprüfte alles in dem kleinen Raumschiff. Er ging den kurzen Gang hinunter.

»Beim dritten Ton . . .«

Er steckte den Kopf in das kleine, zweckmäßig eingerichtete, stählern schimmernde Bad.

». . . ist es . . .«

Es klang prima da drin.

Er guckte in die winzigen Schlafkojen.

». . . ein Uhr . . . zweiunddreißig . . .«

Es klang ein bißchen dumpf. Ein Handtuch hing über einem der Lautsprecher. Er nahm das Handtuch weg.

». . . und fünfzig Sekunden.«

Prima.

Er kontrollierte den vollgepackten Frachtraum und war mit dem Klang überhaupt nicht zufrieden. Es lagen da viel zu viele

Kisten mit Gerümpel rum. Er ging wieder raus und wartete, bis die Tür wieder fest zu war. Er brach eine versiegelte Schalttafel auf und drückte auf den Abwurf-Knopf. Ihm war nicht klar, warum er daran nicht schon vorher gedacht hatte. Ein Rauschen und Poltern verklang schnell. Nach einer Pause war wieder ein leises Zischen zu hören.

Es hörte auf.

Er wartete, bis das grüne Licht aufleuchtete, dann machte er die Tür zu dem jetzt leeren Frachtraum wieder auf.

» . . . ein Uhr . . . dreiunddreißig . . . und fünfzig Sekunden.«

Sehr gut.

»Piep . . . piep . . . piep.«

Zum Schluß führte er eine letzte gründliche Kontrolle der Scheintod-Rettungskammer durch; dort – darauf legte er großen Wert – mußte es besonders gut zu hören sein.

»Beim dritten Ton ist es genau . . . ein Uhr . . . vierunddreißig.«

Er erschauerte, als er durch die dick vereiste Verkleidung auf die vage sichtbare massige Form darin blickte. Eines Tages, wer weiß wann, würde sie aufwachen, und wenn sie das täte, würde sie wissen, wieviel Uhr es ist. Nicht genaue Ortstzeit, klar, aber egal.

Er überprüfte zweimal die Computeranzeige über dem Tiefkühlbett, dämpfte das Licht und kontrollierte nochmal.

»Beim dritten Ton ist es . . .«

Er schlich auf Zehenspitzen hinaus und ging in die Kontrollkabine zurück.

» . . . ein Uhr . . . vierunddreißig und zwanzig Sekunden.«

Die Stimme klang so deutlich, als höre er sie im Telefon in London, was er nicht tat, beileibe nicht.

Er spähte hinaus in die pechschwarze Nacht. Der Stern von der Größe eines funkelnden Kekskrümels, den er in der Ferne sehen konnte, war Zondostina oder auch Pleiades Zeta, wie er auf dem Planeten, von dem die ziemlich gespreizte Singsangstimme kam, genannt wurde.

Die leuchtend orangefarbene Krümmung, die mehr als die

Hälfte des sichtbaren Raums ausfüllte, war der riesenhafte Gasplanet Sesefras Magna, wo die xaxisianischen Schlachtschiffe im Dock lagen, und eben stieg über dessen Horizont ein kleiner, kalter, blauer Mond auf: Epun.

»Beim dritten Ton ist es . . .«

Zwanzig Minuten lang saß er da und sah zu, wie sich die Lücke zwischen dem Raumschiff und Epun schloß, während der Bordcomputer die Zahlen durchhechelte und durcheinanderknetete, die das Raumschiff eine Schleife um den kleinen Mond machen lassen, dann die Schleife schließen und es dort in einer Kreisbahn in ewiger Finsternis festhalten würde.

»Ein Uhr . . . einundfünfzig . . .«

Ursprünglich war sein Plan gewesen, alle Signale und Zeichen, die das Raumschiff nach draußen sandte, abzuschalten, um es so unsichtbar wie möglich zu machen, es sei denn, man guckte direkt drauf, aber dann hatte er eine Idee gehabt, die ihm besser gefiel. Nun würde es nur noch einen einzigen endlosen, bleistiftdünnen Richtstrahl aussenden, der das hereinkommende Zeitzeichen zu seinem Ursprungsplaneten zurückschickte, den es, wenn es mit Lichtgeschwindigkeit reiste, erst in vierhundert Jahren erreichte, dort aber vermutlich ziemliches Aufsehen erregen würde, wenn es ankam.

»Piep . . . piep . . . piep.«

Er kicherte.

Er mochte den Gedanken nicht, daß er so eine Person sei, die kicherte oder gickerte, aber er mußte zugeben, daß er jetzt länger als eine halbe Stunde fast ununterbrochen gekichert oder gegikkert hatte.

»Beim dritten Ton . . .«

Das Raumschiff war jetzt fast vollständig in seine ewige Kreisbahn um den wenig bekannten und nie besuchten Mond eingeschwenkt. Fast vollständig.

Nur eins war noch zu tun. Noch einmal ging Ford die Computer-Simulation der Absprengung des kleinen Flucht-O-Buggy durch, wägte Wirkung, Gegenwirkung, Zentrifugalkräfte, die ganze mathematische Poesie der Bewegung ab und sah, daß alles gut war.

Ehe er abflog, knipste er die Lichter aus.

Als sein winzigkleines zigarrenröhrchenhaftes Fluchtschiff losschwirrte und sich zu seiner Drei-Tage-Reise zu der orbitalen Raumstation Port Sesefron aufmachte, glitt es ein paar Sekunden auf einem langen, bleistiftdünnen Richtstrahl entlang, der zu einer noch längeren Reise aufgebrochen war.

»Beim dritten Ton ist es zwei Uhr . . . dreizehn . . . und fünfzig Sekunden.«

Er kicherte und gickerte. Er hätte laut losgelacht, aber dazu war kein Platz.

»Piep . . . piep . . . piep.«

10

»Aprilschauer hasse ich besonders.«

So kurz angebunden Arthur auch grunzte, der Mann war offenbar entschlossen, mit ihm zu reden. Arthur überlegte, ob er aufstehen und sich an einen anderen Tisch setzen solle, aber in der ganzen Cafeteria gab es offenbar keinen einzigen freien Tisch. Er rührte wütend in seinem Kaffee.

»Scheiß Aprilschauer. Haß Haß Haß.«

Arthur starrte mißmutig aus dem Fenster. Ein leichter, heiterer Sprühregen hing über der Autobahn. Zwei Monate war er jetzt zurück. Sich in sein altes Leben wieder einzufügen, war wirklich lächerlich einfach gewesen. Die Leute hatten ein so ungeheuer kurzes Gedächtnis, ihn eingeschlossen. Acht Jahre total verrückter Streifzüge durch die ganze Galaxis erschienen ihm nicht so sehr wie ein schlechter Traum, sondern eher wie ein Film, den er vom Fernsehen auf Videoband mitgeschnitten und hinten in einem

Schrank aufbewahrte, ohne sich die Mühe zu machen, ihn sich anzusehen.

Eine Wirkung, die noch anhielt, war seine Freude, wieder da zu sein. Nun, da sich die Erdatmosphäre ein für allemal über ihm geschlossen hatte, dachte er (fälschlicherweise), machte ihm alles um ihn herum ungeheures Vergnügen. Er blickte auf das silberige Gefunkel der Regentropfen und war der Meinung, er müsse protestieren.

»Also, mir gefallen sie«, sagte er plötzlich, »und aus ganz einleuchtenden Gründen. Sie sind leicht und erfrischend. Sie funkeln und machen, daß man sich prima fühlt.«

Der Mann schnaubte verächtlich.

»Genau das sagen sie alle«, sagte er und blickte finster von seinem Eckplatz herüber.

Er war Fernfahrer. Arthur wußte das, weil die einleitende, durch nichts provozierte Bemerkung des Mannes gewesen war: »Ich bin Fernfahrer. Ich hasse es, im Regen zu fahren. Ironisch, was? Verdammt ironisch.«

Falls in dieser Bemerkung ein Sinn verborgen war, hatte Arthur ihn nicht erraten können und nur einen leisen Grunzer von sich gegeben – freundlich, aber nicht auffordernd.

Aber der Mann hatte sich nicht abschrecken lassen und ließ sich auch jetzt nicht abschrecken. »Das sagen sie alle über die Scheiß Aprilschauer«, sagte er. »So verdammt schön, so verflucht erfrischend, so ein bezauberndes Scheißwetter.«

Er lehnte sich vor und verzog sein Gesicht, als wolle er was ganz Unerhörtes über die Regierung äußern.

»Was ich wissen möchte, ist folgendes«, sagte er: »Wenn es schönes Wetter gibt, *warum*«, er spuckte fast, »kann es nicht schön sein, ohne daß es verdammt nochmal regnet?«

Arthur gab auf. Er beschloß, seinen Kaffee stehenzulassen, der zu heiß war, um ihn schnell zu trinken, und zu widerlich, um ihn kalt zu trinken. »Versuchen Sie, sich drüber zu erheben«, sagte er und erhob sich statt dessen selber. »Wiedersehen.«

Er machte einen Augenblick vor dem Tankstellen-Shop halt, dann spazierte er über den Parkplatz zu seinem Wagen zurück, wobei er bewußt das feine Prickeln des Regens auf seinem Gesicht genoß. Sogar ein zarter Regenbogen, bemerkte er, schimmerte über den Bergen in Devon. Auch das genoß er.

Er stieg in seinen abgeschrammelten, aber geliebten alten schwarzen Golf GTI, ließ die Reifen aufkreischen und fuhr los, an den Inseln mit den Zapfsäulen vorbei und in die Ausfahrt, die auf die Autobahn führte.

Er irrte, wenn er glaubte, die Atmosphäre der Erde habe sich ein für allemal über ihm geschlossen.

Er irrte, wenn er glaubte, es werde jemals möglich sein, das wirre Netz aus Unschlüssigkeiten hinter sich zu lassen, in das seine galaktischen Reisen ihn gezerrt hatten.

Er irrte, wenn er glaubte, jetzt könne er vergessen, daß die riesige, feste, schmierige, dreckige, regenbogenverhangene Erde, auf der er lebte, ein mikroskopisch kleines Pünktchen in einem mikroskopisch kleinen Pünktchen, verloren in der unvorstellbaren Unendlichkeit des Universums war.

Er fuhr summend weiter, während er sich in all dem irrte.

Der Grund, weshalb er sich irrte, stand an der Ausfahrt unter einem kleinen Regenschirm.

Ihm fiel der Kiefer runter. Er preßte seinen Knöchel gegen das Bremspedal und kam so wahnsinnig ins Schleudern, daß er den Wagen fast umgekippt hätte.

»Fenny!« schrie er.

Nachdem er nur mit knapper Not vermieden hatte, sie mit dem Wagen selbst anzubuffen, buffte er sie mit der Wagentür an, als er sich hinüberlehnte und sie ihr aufstieß.

Die Tür traf sie an der Hand und schlug ihr den Regenschirm weg, der holterdipolter über die Straße davonkullerte.

»Mist!« schrie Arthur so hilfreich er konnte, sprang aus seiner eigenen Tür, vermied es mit knapper Not, von McKennas Allwetter-Spedition überfahren zu werden, und beobachtete entsetzt, wie sie statt dessen Fennys Regenschirm überrollte. Der Lastwagen fegte auf die Autobahn und davon.

Der Regenschirm lag da wie eine soeben zerquetschte langbeinige Spinne, die kläglich ihr Leben aushaucht. Kleine Böen ließen ihn ein bißchen zucken.

Er hob ihn auf.

»Äh«, sagte er. Es war ganz offensichtlich nicht sehr sinnvoll, ihr das Ding wieder zu geben.

»Wieso wußten Sie meinen Namen?« fragte sie.

»Äh, tja«, sagte er. »Wissen Sie was, ich kaufe Ihnen einen neuen . . .«

Er sah sie an und verlor den Mut.

Sie war ziemlich groß und hatte dunkles Haar, das in Wellen um ihr blasses, ernstes Gesicht fiel. So reglos und allein, wirkte sie beinahe schwermütig: wie eine Statue irgendeiner bedeutenden, aber unbekannten Tugend in einem Barockgarten. Sie schien etwas anderes anzusehen als das, was so aussah, als wenn sie es ansähe.

Aber als sie lächelte, wie sie es nun tat, da war es, als komme sie plötzlich von irgendwoher an. Wärme und Leben strömten in ihr Gesicht und unglaublich anmutige Bewegung in ihren Körper. Die Wirkung war sehr verwirrend, und sie verwirrte Arthur wie wahnsinnig.

Sie grinste, warf ihren Beutel auf den Rücksitz und schob sich auf den vorderen Sitz.

»Machen Sie sich keine Sorgen wegen des Regenschirms«, sagte sie, als er einstieg. »Er gehörte meinem Bruder, und er kann ihn nicht gemocht haben, sonst hätte er ihn mir nicht gegeben.« Sie lachte und schnallte sich an. »Sie sind nicht etwa ein Freund von meinem Bruder, oder?«

»Nein.«

Ihre Stimme war das einzige an ihr, das nicht »Gut« sagte.

Ihre Anwesenheit in dem Wagen, seinem Wagen, war für Arthur etwas ganz Ungeheures. Als er den Wagen langsam anrollen ließ, hatte er das Gefühl, er könne kaum denken oder atmen, und er hoffte nur, daß keine dieser beiden Funktionen für seine Fahrkunst entscheidend sei, oder sie kämen in ernste Schwierigkeiten.

Was er in dem anderen Wagen, dem Wagen ihres Bruders, an dem Abend erlebt hatte, als er erschöpft und verdutzt von seinen Alptraumjahren in der Galaxis zurückgekehrt war, war also kein augenblickliches Aus-der-Balance-Geraten gewesen, oder wenn es das gewesen war, dann war er jetzt mindestens zweimal so aus der Balance und ganz schön in Gefahr, davon runterzufallen, worauf ausgeglichene Leute angeblich balancieren.

»Tja . . .«, sagte er in der Hoffnung, der Unterhaltung den Kick zu einem anregenden Start zu versetzen.

»Er sollte mich abholen – mein Bruder –, aber er hat angerufen und gesagt, er kann nicht. Ich habe mich nach Bussen erkundigt, aber der Mann dort fing an, einen Kalender statt eines Fahrplans zu studieren, und da habe ich beschlossen zu trampen. Tja.«

»Tja.«

»Tja, hier wäre ich also. Und nun wüßte ich sehr gerne, wieso Sie meinen Namen wissen.«

»Vielleicht sollten wir uns erst mal darüber verständigen«, sagte Arthur und blickte über die Schulter nach hinten, als er seinen Wagen in den Autobahnverkehr einfädelte, »wohin ich Sie bringen soll.«

Ganz nahe, hoffte er, oder sehr weit weg. Nahe würde bedeuten, sie wohnte in seiner Nähe, weit weg würde heißen, er könnte sie hinfahren.

»Ich möchte bitte«, sagte sie, »nach Taunton. Wenn's Ihnen recht ist. Es ist nicht weit. Absetzen können Sie mich bei . . .«

»Sie wohnen in *Taunton*?« sagte er und hoffte, es sei ihm gelungen, sich bloß neugierig und nicht total hingerissen anzuhören. Taunton lag wunderbar nahe zu ihm. Er brauchte nur . . .

»Nein, in London«, sagte sie. »In knapp einer Stunde geht ein Zug.«

Das war das denkbar Schlechteste. Taunton war über die Autobahn nur Minuten entfernt. Er überlegte, was er tun solle, und während er erschreckt überlegte, hörte er sich sagen: »Och, ich kann Sie auch nach London bringen. Gestatten Sie, daß ich Sie nach London bringe . . .«

Blöder Idiot. Warum um alles auf der Welt hatte er auf so dämliche Art »Gestatten Sie« gesagt? Er benahm sich wie ein Zwölfjähriger.

»Fahren Sie denn nach London?« fragte sie.

»Eigentlich nicht«, sagte er, »aber . . .« Blöder Idiot.

»Sehr nett von Ihnen«, sagte sie, »aber danke, nein. Ich fahre gerne Eisenbahn.« Und plötzlich war sie weg. Oder vielmehr der Teil von ihr, der ihr Leben verlieh, war weg. Sie guckte ziemlich abweisend aus dem Fenster und summte leise vor sich hin.

Er konnte es einfach nicht glauben.

Dreißig Sekunden Unterhaltung, und schon hatte er alles verpatzt.

Erwachsene Menschen, sagte er sich, im entschiedenen Widerspruch zu den in Jahrhunderten angesammelten Belegen darüber, wie erwachsene Menschen sich benehmen, benehmen sich nicht so.

Taunton 5 Meilen, stand auf dem Wegweiser.

Er packte das Steuerrad so fest, daß der Wagen ins Schwanken kam. Er mußte unbedingt irgendwas Dramatisches unternehmen.

»Fenny«, sagte er.

Sie drehte den Kopf und sah ihn scharf an.

»Sie haben mir immer noch nicht gesagt, wieso . . .«

»Hören Sie zu«, sagte Arthur, »ich erzähl's Ihnen, obwohl die Geschichte ziemlich merkwürdig ist. Sehr merkwürdig.«

Sie sah ihn immer noch an, sagte aber nichts.

»Hören Sie zu . . .«

»Das sagten Sie bereits.«

»Ach ja? Oh. Es gibt Dinge, über die ich mit Ihnen reden muß, und Dinge, die ich Ihnen sagen muß . . . eine Geschichte, die ich Ihnen erzählen muß und die vielleicht . . .« Er strampelte wie verrückt. Er suchte nach etwas in Richtung von »Dir die verworrnen, krausen Locken trennte / Und sträubte jedes einzle Haar empor / Wie Nadeln an dem zorn'gen Stacheltier«, aber er glaubte nicht, daß er's zustande brächte, und die Anspielung auf den Igel mochte er nicht.

». . . länger dauern würde als fünf Meilen«, gab er sich schließlich zufrieden, ziemlich lahm, fürchtete er.

»Und . . .?«

»Mal angenommen«, sagte er, »mal angenommen« – er wußte nicht, wie's weiterging, deshalb dachte er, er lehne sich einfach zurück und höre zu –, »Sie wären auf irgendeine ungewöhnliche Art und Weise sehr wichtig für mich gewesen, und obwohl Sie es nicht wußten, wäre auch ich für Sie sehr wichtig gewesen, aber es wurde nichts draus, weil wir bloß fünf Meilen gemeinsam hatten und ich ein dämlicher Idiot war und nicht wußte, wie ich jemandem, den ich eben erst getroffen hatte, etwas sehr Wichtiges hätte sagen sollen, ohne zur gleichen Zeit mit Lastwagen zusammenzustoßen – was würden Sie sagen . . .«, er machte eine hilflose Pause und sah sie an, »was ich . . . tun sollte?«

»Auf die Straße achten!« schrie sie.

»Mist!«

Er vermied es mit knapper Not, hundert italienischen Waschmaschinen auf einem deutschen LKW in die Seite zu rasen.

»Ich denke«, sagte sie und seufzte vor Erleichterung kurz auf, »Sie sollten mir einen Drink spendieren, ehe mein Zug geht.«

12

Aus irgendeinem Grund haben Pubs in der Nähe von Bahnhöfen was besonders Grauenhaftes an sich, eine ganz besondere Art, schlampig zu sein, und auch die Schweinefleischpasteten zeigen eine besondere Art Blässe.

Schlimmer noch als die Schweinefleischpasteten sind aber die Sandwiches.

Es hat sich in England eine Überzeugung festgesetzt, wonach ein Sandwich interessant oder ansprechend oder auf irgendeine Weise appetitlich zu gestalten etwas Sündiges ist, das nur Ausländer tun.

»Trocken müssen sie sein«, ist die irgendwo tief im kollektiven Nationalbwußtsein begrabene Vorschrift, »zäh müssen sie sein. Wenn man die Mistkerle unbedingt frisch halten muß, tut man's, indem man sie einmal die Woche wäscht.«

Und durch das Essen von Sandwiches in Pubs an Samstagmittagen versuchen die Briten dann, für ihre nationalen Sünden zu büßen, egal, welche das auch gewesen sein mögen. Sie sind sich ganz und gar nicht klar darüber, welche Sünden das sind, und sie wollen es auch gar nicht wissen. Aber um welche Sünden es sich auch handelt, sie werden reichlich gebüßt durch die Sandwiches, die man sich reinzwingt.

Wenn es noch irgendwas Schlimmeres als die Sandwiches gibt, dann sind es die Würste gleich daneben. Freudlose Röhren voller Knorpel in einem Meer aus irgendwas Heißem und Traurigem, in denen ein Plastikspieß in der Form einer Kochmütze steckt: ein Denkmal, hat man den Eindruck, für irgendeinen Küchenchef, der die Welt haßte und vergessen und allein zwischen seinen Katzen auf einer Hintertreppe in Stepney starb.

Die Würste sind für diejenigen, die wissen, was ihre Sünden sind, und die für etwas Besonderes büßen möchten.

»Es muß noch irgendwo was Besseres geben«, sagte Arthur.

»Keine Zeit«, sagte Fenny, die auf ihre Uhr sah. »Mein Zug geht in einer halben Stunde.«

Sie saßen an einem kleinen wackligen Tisch. Darauf befanden sich einige schmutzige Gläser und ein paar vollgesogene Bierdekkel mit aufgedruckten Witzen. Arthur holte für Fenny einen Tomatensaft und für sich einen Schoppen gelbes Wasser mit Bläschen drin. Und ein Paar Würste. Er wußte nicht, wieso. Er kaufte sie, damit er was zu tun hätte, während sich die Bläschen in seinem Glas setzten.

Der Barkeeper tunkte Arthurs Wechselgeld in eine Bierlache auf der Theke, wofür Arthur ihm dankte.

»Na schön«, sagte Fenny und sah auf ihre Uhr, »erzählen Sie mir, was Sie mir so unbedingt erzählen müssen.«

Sie hörte sich äußerst skeptisch an und war's wohl auch, und Arthur schwand aller Mut. Kaum, so fühlte er, die erfolgversprechendste Voraussetzung, um ihr, wie sie da so saß, plötzlich kühl und abweisend, zu erklären, daß er in einer Art körperlosem Traum telepathisch die Empfindung gehabt habe, ihr seelischer Zusammenbruch habe mit der Tatsache zu tun gehabt, daß (trotz des gegenteiligen Anscheins) die Erde zerstört wurde, um einer neuen Hyperraum-Umgehungsstraße Platz zu machen, worüber auf Erden er allein etwas wisse, weil er es aus einem vogonischen Raumschiff tatsächlich mit angesehen habe, und daß außerdem sein Körper und seine Seele schmerzlich nach ihr verlangten und er unbedingt mit ihr ins Bett müsse, und zwar so schnell wie menschenmöglich.

»Fenny«, begann er.

»Ob Sie wohl 'n paar Lose für unsere Tombola kaufen würden? Sie ist nur ganz klein.«

Er sah wütend auf.

»Um Geld für Anjie zu sammeln, die auf Rente geht.«

»Was?«

»Und 'ne künstliche Niere braucht.«

Über ihn beugte sich eine ziemlich steife, dürre Frau mittleren Alters in einem steifen Strickkostüm und mit einer steifen kleinen Dauerwelle und einem steifen kleinen Lächeln, das wahrscheinlich jede Menge von steifen kleinen Hunden beschlappert wurde.

Sie streckte ein Heftchen Garderobenzettel und eine Sammelbüchse hin.

»Nur zehn Pence das Stück«, sagte sie, »da könnten Sie vielleicht gleich zwei kaufen. Ohne die Bank zu sprengen!« Sie ließ ein klirrendes kleines Lachen und darauf einen merkwürdig langen Seufzer hören. Das »Ohne die Bank zu sprengen« hatte ihr offenbar mehr Vergnügen bereitet als sonstwas, seit im Krieg ein paar GIs bei ihr einquartiert gewesen waren.

»Äh, ja, okay«, sagte Arthur, der eilig in seiner Tasche wühlte und ein paar Münzen ans Tageslicht beförderte.

Mit einer Langsamkeit zum Junge-Hunde-Kriegen und steifer Theatralik, falls es sowas gäbe, riß die Frau zwei Billetts ab und reichte sie Arthur.

»Ich hoffe *sehr,* Sie gewinnen«, sagte sie mit einem Lächeln, das plötzlich aufklappte wie eine Origami-Blume für Fortgeschrittene, »die Preise sind *so* hübsch.«

»Ja, vielen Dank«, sagte Arthur, steckte die Lose ziemlich brüsk ein und sah auf die Uhr. Er wandte sich Fenny zu.

Das tat auch die Frau mit den Tombolalosen.

»Und wie steht's mit Ihnen, junge Frau?« fragte sie. »Es ist für Anjies künstliche Niere. Sie geht auf Rente, verstehen Sie? Ja?« Sie schraubte das kleine Lächeln noch weiter auf. Sie würde bald damit aufhören und es sein lassen müssen, oder die Haut würde bestimmt platzen.

»Äh, hier, nehmen Sie das«, sagte Arthur und schob ihr ein fünfzig-Pence-Stück hin in der Hoffnung, das mache ihr Beine.

»Na, wir *schwimmen* aber im Geld, was?« sagte die Frau mit einem langen lächelnden Seufzer. »Wir kommen wohl aus London, oder?«

Arthur wollte nur, sie redete nicht so verdammt langsam.

»Nein, lassen Sie nur, wirklich«, sagte er und winkte mit der Hand, und sie begann mit entsetzlicher Langsamkeit, fünf Lose abzureißen. Eins nach dem anderen.

»Oh, Sie *müssen* aber Ihre Lose nehmen«, beharrte die Frau, »sonst kriegen Sie ja gar nicht Ihren Preis. Es sind nämlich sehr hübsche Preise, wissen Sie? Sehr *passende.*«

Arthur schnappte sich die Lose und sagte so scharf wie möglich danke.

Die Frau wandte sich wieder Fenny zu.

»Und nun, wie wär's . . .«

»Nein!« schrie Arthur beinahe. »Die sind für sie«, erklärte er und wedelte mit den fünf Losen.

»Oh, ich verstehe! Wie nett!«

Sie lächelte beide an, daß einem übel werden konnte.

»Na, ich hoffe *wirklich,* Sie . . .«

»Ja«, schnauzte Arthur, »vielen Dank.«

Die Frau ging endlich an den Nebentisch. Arthur wandte sich verzweifelt Fenny zu und sah erleichtert, wie sie sich geräuschlos lachend schüttelte.

Er seufzte und lächelte.

»Wo waren wir stehengeblieben?«

»Sie nannten mich Fenny, und ich wollte Sie gerade bitten, es sein zu lassen.«

»Wie meinen Sie das?«

Sie quirlte mit dem hölzernen Cocktailstäbchen in ihrem Tomatensaft.

»Deshalb habe ich Sie auch gefragt, ob Sie ein Freund meines Bruders wären. Oder vielmehr Halbbruders. Er ist der einzige, der mich Fenny nennt, und ich find's nicht sehr nett von ihm.

»Und wie heißen . . .?«

»Fenchurch.«

»Was?«

»Fenchurch.«

»Fenchurch.«

Sie sah ihn finster an.

»Ja«, sagte sie, »und nun lauere ich wie ein Luchs darauf, ob Sie dieselbe dämliche Frage stellen werden, die mir jeder stellt, bis ich schreien möchte. Ich werde wütend und enttäuscht sein, wenn Sie's tun. Und ich schreie. Also geben Sie acht.«

Sie lächelte, schüttelte ihr Haar ein wenig nach vorn über ihr Gesicht und beobachtete ihn durch es hindurch.

»Oh«, sagte er, »das ist aber etwas unfair, nicht?«

»Ja.«

»Gut.«

»Okay«, sagte sie lachend, »Sie können mich fragen. Da haben wir's wenigstens hinter uns. Besser, als wenn Sie mich immerfort Fenny nennen.«

»Wahrscheinlich . . .«, sagte Arthur.

»Wir haben bloß noch *zwei* Lose, sehen Sie, und weil sie vorhin *so* großzügig waren . . .«

»Was?« bellte Arthur.

Die Frau mit der Dauerwelle und dem Lächeln und dem jetzt fast leeren Garderobenzettel-Heftchen wedelte ihm nun mit den beiden letzten Losen unter der Nase rum.

»Ich dachte, ich gebe Ihnen die Gelegenheit, weil die Preise so hübsch sind.«

Sie zog die Nase heimlichtuerisch ein wenig kraus.

»*Sehr geschmackvoll.* Ich weiß, sie werden Ihnen gefallen. Und es ist für Anjies Abschiedsgeschenk, nicht wahr. Wir wollen ihr eine . . .«

»Künstliche Niere schenken, ja«, sagte Arthur. »Hier.«

Er hielt ihr noch zwei Zehn-Pence-Stücke hin und nahm die Lose.

Der Frau schien eine Idee zu kommen. Sie kam ihr sehr langsam. Man konnte sie herankommen sehen wie eine lange Welle an einem Sandstrand.

»Du meine Güte«, sagte sie, »ich störe Sie doch nicht bei irgendwas, oder?«

Sie sah beide ängstlich an.

»Nein, ist schon gut«, sagte Arthur. »Alles, was nur gut sein kann«, sagte er betont, »ist gut.«

»Danke«, setzte er hinzu.

»Ich meine«, sagte sie in besorgtem Überschwang, »Sie sind nicht etwa . . . frisch *verliebt,* oder?«

»Das ist sehr schwer zu sagen«, sagte Arthur. »Wir hatten noch keine Gelegenheit, miteinander zu reden.«

Er blickte Fenchurch an. Sie griente.

Die Frau nickte mit wissender Vertraulichkeit.

»Ich zeige Ihnen gleich mal die Preise«, sagte sie und verschwand.

Arthur wandte sich seufzend wieder dem Mädchen zu, von dem seiner Meinung nach so schwer zu sagen war, ob er in es verliebt sei.

»Sie wollten«, sagte das Mädchen, »mir gerade eine Frage stellen.«

»Ja«, sagte Arthur.

»Wir können es auch zusammen machen, wenn Sie mögen«, sagte Fenchurch. »Wurde ich . . .«

» . . . in einer Handtasche . . .«, stimmte Arthur ein.

» . . . in der Gepäckaufbewahrung . . .«, sagten sie alle beide.

» . . . auf dem Bahnhof Fenchurch Street gefunden?« schlossen sie.

»Und die Antwort«, sagte Fenchurch, »lautet nein.«

»Schön«, sagte Arthur.

»Ich wurde dort gezeugt.«

»Was?«

»Ich wurde dort gez . . .«

»In der Gepäckaufbewahrung?« platzte Arthur heraus.

»Nein. Natürlich nicht. Seien Sie nicht albern. Was sollten denn meine Eltern in der Gepäckaufbewahrung gemacht haben?« sagte sie, über diese Vorstellung ziemlich verblüfft.

»Na, ich weiß nicht«, sprudelte Arthur hervor, »oder vielmehr . . .«

»Es passierte in der Schlange vor dem Fahrkartenschalter.«

»In der . . .«

»Schlange vor dem Fahrkartenschalter. Jedenfalls behaupten sie das. Sie wollen sich nicht weiter darüber verbreiten. Sie sagen nur, man sollte nicht glauben, wie langweilig es einem in der Schlange vor dem Schalter im Bahnhof Fenchurch Street werden kann.«

Sie nippte ernst an ihrem Tomatensaft und sah auf ihre Uhr.

Arthur gluckste noch ein bißchen weiter.

»In ein oder zwei Minuten muß ich gehen«, sagte Fenchurch, »und Sie haben mir noch kein einziges Wort von diesen schrecklich ungeheuerlichen Dingen erzählt, die Sie sich unbedingt von der Seele reden wollten.«

»Warum darf ich Sie nicht nach London fahren?«fragte Arthur. »Es ist Samstag, ich habe nichts Besonderes vor, ich könnte . . .«

»Nein«, sagte Fenchurch, »danke, es ist lieb von Ihnen, aber nein. Ich muß für ein paar Tage ganz für mich sein.« Sie lächelte und zuckte mit den Schultern.

»Aber . . .«

»Sie können's mir ein andermal erzählen. Ich gebe Ihnen meine Nummer.«

Arthurs Herz machte bum bum poch poch, als sie mit Bleistift sieben Zahlen auf ein Stückchen Papier schrieb und ihm gab.

»Nun können wir ruhig durchatmen«, sagte sie mit einem langsamen Lächeln, das Arthur anfüllte, bis er meinte, er müsse platzen.

»Fenchurch«, sagte er und hatte seine Freude an dem Namen, als er ihn aussprach. »Ich . . .«

»Eine Schachtel«, sagte eine pomadige Stimme, »Fläschchen mit Kirschlikör und außerdem, und ich weiß, das gefällt Ihnen, eine Schallplatte mit schottischer Dudelsackmusik . . .«

»Ja, danke, sehr hübsch«, sagte Arthur mit Nachdruck.

»Ich dachte halt, ich ließe Sie mal 'n Blick drauf werfen«, sagte die dauergewellte Frau, »wo Sie doch aus London kommen . . .«

Sie hielt die Preise Arthur voller Stolz vor die Augen. Er sah, daß es sich wirklich um eine Schachtel mit Cherry-Brandy-Fläschchen und eine Platte mit Dudelsackmusik handelte. Genau darum handelte es sich.

»Jetzt lasse ich Sie in Ruhe austrinken«, sagte sie und klopfte Arthur leicht auf seine schmerzende Schulter, »aber ich wußte, Sie würden sie sich gerne mal ansehen.«

Arthur senkte seine Augen noch einmal in Fenchurchs, aber

plötzlich wußte er nicht mehr, was er sagen wollte. Ein Augenblick war für sie beide gekommen und wieder gegangen, aber sein ganzer Rhythmus war durch diese verdammte dämliche Ziege kaputtgemacht worden.

»Machen Sie sich nichts draus«, sagte Fenchurch, die ihn über ihr Glas hinweg fest ansah, »wir reden ein andermal miteinander.« Sie nahm ein Schlückchen. »Vielleicht«, setzte sie hinzu, »hätte es gar nicht so gut mit uns geklappt, wenn sie nicht gewesen wäre.« Sie setzte ein schiefes Lächeln auf und ließ ihr Haar wieder nach vorn über ihr Gesicht fallen.

Das stimmte vollkommen.

Er mußte zugeben, daß es vollkommen stimmte.

13

Als Arthur am Abend im Haus herumtanzte und so tat, als hüpfe er langsam durch Kornfelder, während er unentwegt plötzlich in Gelächter ausbrach, meinte er, er könne es sogar ertragen, sich die Platte mit der Dudelsackmusik anzuhören, die er gewonnen hatte. Es war acht, und er beschloß, er werde sich dazu aufraffen, sich dazu zwingen, die ganze Platte anzuhören, ehe er sie anriefe. Vielleicht sollte er es sich sogar bis morgen aufheben. Das wäre wirklich ungeheuer cool. Oder bis irgendwann nächste Woche.

Nein. Keine Spielchen. Er wollte sie haben, und es war ihm egal, wer das wußte. Er wollte sie ausdrücklich und absolut haben, er betete sie an, er sehnte sich nach ihr, wollte mit ihr mehr Sachen machen, als es dafür Namen gäbe.

Er ertappte sich allen Ernstes dabei, daß er Dinge wie »Juchhee« sagte, als er völlig lächerlich im Haus herumtanzte. Ihre Augen, ihr Haar, ihre Stimme, alles . . .

Er blieb stehen.

Er würde die Platte mit der Dudelsackmusik auflegen. Dann würde er sie anrufen.

Sollte er sie vielleicht erst anrufen?

Nein. Was er täte, wäre folgendes: Er würde die Platte mit der Dudelsackmusik auflegen. Er würde sie sich anhören, jedes allerletzte todverkündende Geistergeschrei darauf. Dann riefe er sie an. Das war die richtige Reihenfolge. Genau das würde er tun.

Er hatte Angst davor, Dinge anzufassen, für den Fall, daß sie in die Luft gingen, wenn er das täte.

Er griff zu der Platte. Sie unterließ es, in die Luft zu gehen. Er ließ sie aus der Hülle gleiten. Er öffnete den Plattenspieler, er schaltete den Verstärker an. Beide blieben sie am Leben. Er kicherte albern, als er den Saphir auf die Platte setzte.

Er saß da und hörte sich feierlich »A Scottish Soldier« an.

Er hörte sich »Amazing Grace« an.

Er hörte sich etwas über das eine oder andere Bergtal an.

Er dachte über die wunderbare Mittagspause nach.

Sie hatten gerade weggehen wollen, da wurden sie durch ein fürchterlich lautes »Juhuuh« abgelenkt. Die so grauenhaft dauergewellte Frau winkte ihnen durch den Saal zu wie irgendein alberner Vogel mit gebrochenem Flügel. Alle in dem Pub drehten sich zu ihnen um und erwarteten offensichtlich irgendeine Reaktion.

Sie hatten überhört, wie erfreut und glücklich Anjie sein werde über die 4 Pfund 30, die alle zusammen zu den Kosten der künstlichen Niere beigesteuert hatten, sie hatten vage mitgekriegt, daß jemand am Nebentisch eine Schachtel Cherry-Brandy-Fläschchen gewonnen hatte, und sie hatten ein, zwei Augenblicke gebraucht, um sich mit der Tatsache zu befreunden, daß die juhuhende Frau sie zu fragen versuchte, ob sie Los Nummer 37 hätten.

Arthur stellte fest, das habe er. Er sah ärgerlich auf seine Uhr.

Fenchurch gab ihm einen Schubs.

»Na los«, sagte sie, »gehen Sie und holen Sie sich den Preis ab. Seien Sie nicht so mürrisch. Halten Sie ihnen eine hübsche Rede darüber, wie sehr Sie sich freuen, und dann rufen Sie mich an und erzählen mir, wie alles lief. Ich möchte außerdem die Platte hören. Na los.« Sie tippte ihm leicht auf den Arm und ging.

Den Stammkunden kam seine Dankesrede ein bißchen allzu überschwenglich vor. Es handelte sich ja schließlich bloß um eine Platte mit Dudelsackmusik.

Arthur dachte darüber nach, lauschte der Musik und brach unentwegt in Lachen aus.

14

Klingel klingel.

Klingel klingel.

»Ja, hallo? Ja, das is richtig. Ja. Sie müssen 'n bißchen lauter reden, hier drin is es furchtbar laut. Was?

Nein, ich bin bloß abends an der Bar. Yvonne is mittags hier, und Jim, das is der Wirt. Nein, ich war nich hier. Was?

Sie müssen lauter reden.

Was? Nein, ich weiß nix von 'ner Tombola. Was?

Nein, ich weiß nix davon. Warten Se, ich rufe mal Jim.«

Die Barfrau legte die Hand über den Hörer und rief zur lärmigen Theke hinüber.

»He, Jim, 'n Typ am Telefon sagt irgendwas, er hätte in 'ner Tombola gewonnen. Er erzählt mir andauernd, es wär Los 37, und er hätte gewonnen.«

»Nein, hier im Pub war 'n Typ, der hat gewonnen.«

»Nein, hier im Pub war 'n Typ , der hat gewonnen«, schrie die Barfrau durchs Telefon.

»Er fragt, ob wir das Los haben.«

»Also, wie kommt er auf die Idee, er hätte gewonnen, wenn er nich mal das Los hat?«

»Jim fragt, wie Sie auf die Idee kommen, Sie hätten gewonnen, wenn Sie nich mal das Los haben. Was?«

Sie legte wieder die Hand über den Hörer.

»Jim, der hört nich auf zu fluchen und zu schwören. Sagt, es wär 'ne Nummer auf dem Los.«

»'türlich is 'ne Nummer auf dem Los, es war doch 'n Scheiß Tombolalos, oder?«

»Er sagt, er meint, es steht 'ne Telefonnummer auf dem Los.«

»Leg auf und bedien die verdammte Kundschaft, ja?«

15

Acht Stunden in Richtung Westen saß ein Mann allein an einem Strand und betrauerte einen unfaßbaren Verlust. Er konnte an seinen Verlust nur in kleinen Kummerbröckchen auf einmal denken, weil das Ganze zu mächtig war, um ertragen zu werden.

Er sah den langen, langsamen Pazifikwellen zu, die über den Sand heranrollten, und wartete und wartete auf das Nichts, das, wie er wußte, jeden Moment passieren würde. Als die Zeit kam, daß es nicht passierte, passierte es pflichtgemäß nicht, und so verläpperte sich der Nachmittag, die Sonne ging hinter der langen Horizontlinie des Meeres unter, und der Tag war zu Ende.

Der Strand war ein Strand, dessen Namen wir nicht nennen, weil das Privathaus des Mannes dort stand, aber es war ein schmales, sandiges Landstück irgendwo an der Hunderte von Meilen langen Küste, die sich erst in westlicher Richtung von Los Angeles erstreckt, das in der neuen Auflage des Reiseführers *Per Anhalter durch die Galaxis* in dem einen Eintrag als »winklig, pinklig, stinklich, sinklich und dieses andere Wort, na, ihr wißt schon, und alles mögliche Grauenhafte, hu« bezeichnet wird und in einem anderen, nur Stunden später verfaßten mit »mehreren tausend Quadratkilometern American Express-Reklame« verglichen wird, »aber ohne das gleiche Gefühl für moralische Tiefe. Außerdem ist die Luft aus irgendeinem Grunde gelb.«

Die Küste verläuft nach Westen und wendet sich dann nach Norden hinauf zur dunstigen Bucht von San Francisco, das der *Anhalter* als »sehr empfehlenswerten Ort« beschreibt: »Man glaubt ohne weiteres, daß jeder, den man dort trifft, ebenfalls ein Weltraumreisender ist. Eine fromme Pflicht für dich ist, genau wie sie ›hi‹ zu sagen. Bis du dich eingelebt und hinter die Eigenheiten des Ortes gekommen bist, ist es das beste, auf drei von allen denkbaren Fragen, die dir jemand stellen könnte, mit ›nein‹ zu antworten, denn es kommen dort einige sehr sonderbare Dinge vor, an denen ein argloser Fremder sterben könnte.« Die Hunderte sich dahinschlängelnder Meilen Klippen und Sand, Palmen, Brandung und Sonnenuntergänge werden im *Anhalter* bezeichnet als »Witz. Ein guter.«

Und irgendwo an dieser guten Witzküste lag das Haus dieses untröstlichen Mannes, eines Mannes, den viele als verrückt ansahen. Das jedoch nur, wie er den Leuten zu sagen pflegte, weil er es war.

Einer der vielen vielen Gründe, warum die Leute ihn für verrückt hielten, war eine Eigentümlichkeit seines Hauses, das selbst in einem Land, wo die Häuser der meisten Leute auf die eine oder andere Weise eigentümlich waren, vollkommen extrem in seiner Eigentümlichkeit war.

Sein Haus trug den Namen »Das Äußere des Irrenhauses«.

Der Mann hieß schlicht John Watson, lieber hörte er es aber – und einige seiner Freunde hatten sich dem mittlerweile widerstrebend gefügt –, wenn man ihn Wonko den Verständigen nannte.

In seinem Haus gab es eine Reihe sonderbarer Dinge, darunter ein graues Glasgefäß, in das sieben Worte graviert waren.

Wir kommen viel später noch auf ihn zurück – das hier ist bloß ein Intermezzo, um der Sonne beim Untergang zuzusehen und zu sagen, daß er da war und ihr zusah.

Er hatte alles verloren, was ihm wichtig war, und wartete nun bloß noch auf das Ende der Welt –, wobei ihm kaum bewußt war, daß sie bereits weg und verschwunden war.

16

Nach einem ekelhaften Sonntag, den Arthur damit zugebracht hatte, Müllkübel hinter einem Pub in Taunton auszuleeren und nichts zu finden, kein Tombolalos, keine Telefonnummer, versuchte er alles, was er konnte, um Fenchurch wiederzufinden, und je mehr er versuchte, desto mehr Wochen vergingen.

Er tobte und beschimpfte sich, das Schicksal, die Welt und ihr Wetter.

In seinem Kummer und seiner Wut setzte er sich sogar in die Tankstellen-Cafeteria an der Autobahn, in der er gesessen hatte, kurz bevor er ihr begegnet war.

»Der Nieselregen, der geht mir besonders auf den Wecker.«

»Bitte hören Sie auf, von Nieselregen zu reden«, schnauzte Arthur.

»Ich würde ja aufhören, wenn der Nieselregen auch aufhören würde.«

»Sehen Sie mal . . .«

»Aber ich werd' Ihnen sagen, was passiert, wenn der Nieselregen aufhört. Soll ich?«

»Nein.«

»Pladdern.«

»Was?«

»Es pladdert.«

Arthur blickte über den Rand seiner Kaffeetasse hinweg auf das gräßliche Wetter draußen. Es war völlig zwecklos, hier zu sein, das wurde ihm klar, und er war eher aus Aberglauben als aus Überzeugung hergefahren. Doch wie um ihn mit der Erkenntnis zu quälen, daß solche Zufälle tatsächlich eintreten können, hatte es dem Schicksal beliebt, ihn wieder mit dem Fernfahrer zusammenzuführen, dem er dort auch das letzte Mal begegnet war.

Je mehr er ihn zu ignorieren versuchte, desto mehr sah er sich in den Sirupstrudel der nervenzerfetzenden Unterhaltung dieses Mannes zurückgezerrt.

»Ich glaube«, sagte Arthur unbestimmt, während er sich verwünschte, daß er sich auch nur die Mühe machte, es zu sagen, »der Regen läßt langsam nach.«

»Ha!«

Arthur zuckte nur die Schultern. Er sollte gehen. Genau das sollte er tun. Er sollte einfach gehen.

»Es hört *nie* auf zu regnen!« ereiferte sich der Lastwagenfahrer. Er schlug auf den Tisch, verschüttete seinen Tee und schien einen Augenblick lang regelrecht zu dampfen.

Man kann nicht einfach weggehen, ohne auf eine Bemerkung wie diese zu antworten.

»Natürlich hört es auf zu regnen«, sagte Arthur. Es war sicherlich keine elegante Widerlegung, aber sie mußte gesagt werden.

»Es *regnet . . . im . . . mer . . . fort«,* tobte der Mann und hämmerte im Rhythmus der Worte auf den Tisch.

Arthur schüttelte den Kopf.

»Ist doch Quatsch zu sagen, daß es *immer*fort regnet . . .«, sagte er.

Die Augenbrauen des Mannes schossen beleidigt nach oben.

»*Quatsch?* Warum ist das Quatsch? Warum ist es Quatsch zu sagen, es regnet immerfort, wenn es immerfort regnet?«

»Gestern hat's nicht geregnet.«

»In Darlington ja.«

Arthur wartete vorsichtig.

»Wollen Sie mich nicht fragen, wo ich gestern war?« fragte der Mann. »He?«

»Nein«, sagte Arthur.

»Aber ich nehme an, Sie können's raten.«

»Tatsächlich.«

»Fängt mit D an.«

»Wirklich.«

»Und es hat dort gepißt wie verrückt, kann ich Ihnen sagen.«

»Warum setzt du dich denn da hin?« sagte ein Fremder im Overall beim Vorbeigehen freundlich zu Arthur. »Das hier ist die Gewitterwolken-Ecke. Speziell reserviert für den ollen Regentropfen-die-auf-den-Kopf-mir-klopfen. In jeder Autobahn-Cafeteria zwischen hier und dem sonnigen Dänemark ist eine für ihn reserviert. Land gewinnen, ist mein Rat. Machen wir alle. Na, wie geht's, Rob? Immer fleißig? Haste deine Regenreifen drauf? Haha.«

Er fegte vorbei und begann, jemandem an einem Tisch in der Nähe einen Witz über Britt Ekland zu erzählen.

»Sehen Sie, keiner von den Armleuchtern nimmt mich ernst«, sagte Rob McKenna. »Aber«, fügte er finster hinzu, beugte sich vor und kniff die Augen zusammen, »alle wissen, daß es stimmt!«

Arthur legte die Stirn in Falten.

»Wie zum Beispiel meine Frau«, zischte der alleinige Besitzer und Fahrer von McKennas Allwetter-Spedition. »Sie sagt, es wär Unsinn, und ich mache Theater und jammere über nichts, *aber*«, er legte eine dramatische Pause ein und schoß aus seinen Augen gefährliche Blicke ab, »sie holt immer die Wäsche rein, wenn ich ihr am Telefon sage, daß ich auf 'm Heimweg bin!« Er fuchtelte mit seinem Teelöffel rum. »Was sagen Sie dazu?«

»Tja . . .«

»Ich habe ein Buch«, fuhr er fort, »ich habe ein Buch. Ein Tagebuch. Seit fünfzehn Jahren. Steht jeder einzelne Ort drin, wo ich jemals gewesen bin. Jeder Tag. Und auch, wie das Wetter war. Und es war gleichbleibend«, knurrte er, »grauenhaft. In ganz England, Schottland und Wales bin ich gewesen. In ganz Europa, Italien, Deutschland, nach Dänemark und wieder zurück, in Jugoslawien. Alles notiert und aufgezeichnet. Sogar als ich meinen Bruder in Seattle besuchen war«, setzte er hinzu.

»Tja«, sagte Arthur und stand auf, um endlich Land zu gewinnen, »vielleicht zeigen Sie's am besten mal jemandem.«

»Mach ich«, sagte Rob McKenna.

Und das tat er.

17

Trübsinn. Schwermut. Noch mehr Trübsinn, noch mehr Schwermut. Er brauchte eine Aufgabe, und er gab sich eine.

Er würde suchen, wo seine Höhle gelegen hatte.

Auf der prähistorischen Erde hatte er in einer Höhle gelebt, in keiner hübschen Höhle, in einer lausigen Höhle, aber ... Es gab kein Aber. Es war eine absolut lausige Höhle gewesen, und er hatte sie gehaßt. Aber er hatte fünf Jahre darin gelebt, was sie gewissermaßen zur Heimstatt hatte werden lassen, und der Mensch behält seine Heimstätten gern in Erinnerung. Arthur Dent war so ein Mensch, und so fuhr er nach Exeter, um sich einen Computer zu kaufen.

Genau das brauchte er, natürlich, einen Computer. Aber er hatte das Gefühl, er sollte sich erst irgendeinen ernsthaften Zweck überlegen, ehe er hinging und einfach eine Menge Geld hinblätterte für etwas, was die Leute andernfalls einfach mit einem Spielzeug verwechseln könnten. Und das war der ernsthafte Zweck. Die genaue Lage einer Höhle auf der prähistorischen Erde festzustellen. Er erklärte das dem Mann in dem Laden.

»Warum?« fragte der Mann in dem Laden.

Der war ein ganz Schlauer.

»Okay, Schwamm drüber«, sagte der Mann in dem Laden. »Wie?«

»Naja, ich hoffte, Sie könnten mir dabei helfen.«

Der Mann seufzte, und seine Schultern fielen herab.

»Haben Sie viel Erfahrung mit Computern?«

Arthur überlegte, ob er Eddie den Bordcomputer in der *Herz aus Gold* erwähnen sollte, der die Aufgabe in einer Sekunde erledigt hätte, oder Deep Thought oder – aber er beschloß, er täte es nicht.

»Nein«, sagte er.

»Na, das wird ja 'n lustiger Nachmittag«, sagte der Mann in dem Laden, allerdings sagte er es nur zu sich.

Arthur kaufte trotzdem den Apple. In den Tagen darauf legte er sich noch ein bißchen astronomische Software zu, machte sich eine Grafik von den Bewegungen der Sterne, zeichnete ungefähre Diagramme davon, wie seiner Erinnerung nach wohl die Sterne am Himmel gestanden haben mochten, als er nachts aus seiner Höhle zu ihnen aufblickte, und arbeitete wochenlang geschäftig drauf los, wobei er fröhlich die Schlußfolgerung links liegen ließ, auf die er, wie er wußte, unweigerlich kommen mußte, nämlich daß das ganze Vorhaben total absurd sei.

Ungefähre Zeichnungen nach dem Gedächtnis waren wertlos. Er wußte nicht einmal, wie lange das alles her war, bis auf Fords rohe Schätzung damals, daß es sich »um ein paar Millionen Jahre« handle, und er konnte einfach keine Mathe.

Trotzdem entwickelte er am Ende eine Methode, die zumindest ein Resultat erbringen würde. Er beschloß, einfach zu übersehen, daß er mit seinem ungeheuren Mischmasch aus Faustregeln, hirnverbrannten Annäherungswerten und undurchsichtigen Vermutungen Glück hätte, wenn er auch nur die richtige Galaxis träfe. Er machte einfach weiter und kam zu einem Ergebnis.

Er nannte es das richtige Ergebnis. Wer weiß?

Und wie es sich durch die Myriaden unergründlicher Zufälle des Schicksals so traf, kriegte er das Ergebnis genau hin, obwohl er es natürlich nie erfahren sollte. Er fuhr einfach nach London und klopfte an die entsprechende Tür.

»Oh, ich dachte, Sie würden mich erst anrufen.«

Arthur blieb vor Erstaunen die Spucke weg.

»Sie können bloß ein paar Minuten reinkommen«, sagte Fenchurch. »Ich wollte gerade weggehen.«

18

Ein Sommertag in Islington, überall das trauervolle Wimmern von Möbel-Restaurierungsmaschinen in der Luft.

Fenchurch war am Nachmittag unabkömmlich beschäftigt, und so spazierte Arthur in glückberauschter Benebelung durch die Gegend und besah sich alle die Geschäfte, die in Islington in vorteilhafter Menge vorhanden sind, wie jeder, der regelmäßig alte Holzbearbeitungswerkzeuge, Helme aus dem Burenkrieg, Schwulenfummel, Büromöbel oder Fisch braucht, bereitwillig bestätigen wird.

Die Sonne sengte auf die Dachgärten herab. Sie strahlte auf Architekten und Klempner herunter. Sie strahlte auf Anwälte und Einbrecher. Sie strahlte auf Pizzas. Sie strahlte auf Aushänge von Grundstücksmaklern.

Sie strahlte auf Arthur herab, als er in einen Laden für restaurierte Möbel ging.

»Das ist ein interessantes Gebäude«, sagte freundlich der Besitzer. »Hier gibt es einen Keller mit einem Geheimgang, der zu einem Pub in der Nähe führt. Er wurde anscheinend für den Prinzgemahl angelegt, da konnte er sich aus dem Staube machen, wenn er das Bedürfnis dazu hatte.«

»Sie meinen, falls ihn jemand beim Kauf von ungebeizten Fichtenmöbeln ertappte?« sagte Arthur.

»Nein«, sagte der Besitzer, »nicht deshalb.«

»Sie müssen mich entschuldigen«, sagte Arthur. »Ich bin wahnsinnig glücklich.«

»Ich verstehe.«

Er wanderte wie benebelt weiter und befand sich plötzlich vor dem Büro von Greenpeace. Ihm fiel der Inhalt seiner Mappe mit der Aufschrift »Zu erledigen – Dringend!« ein, die er in der Zwischenzeit nicht wieder aufgemacht hatte. Er marschierte mit einem fröhlichen Lächeln hinein und sagte, er sei gekommen, um ihnen ein bißchen Geld zur Befreiung der Delphine zu geben.

»Sehr komisch«, sagten sie zu ihm. »Raus!«

Das war nicht ganz die Antwort, die er erwartet hatte, deshalb versuchte er's nochmal. Diesmal wurden sie richtig wütend auf ihn, und so ließ er einfach ein bißchen Geld da und ging wieder hinaus in die Sonne.

Kurz nach sechs kehrte er zu Fenchurchs Haus in der kleinen Seitengasse zurück, in der Hand eine Flasche Champagner.

»Halte mal«, sagte sie, schob ihm ein kräftiges Tau in die Hand und verschwand durch die hohen weißen Holztüren, an deren schwarzem Eisenriegel ein dickes Vorhängeschloß baumelte.

Das Haus war ein kleiner, umgebauter Stall in einer Gasse in einem Kleingewerbe-Gelände hinter dem leerstehenden Königlichen Ackerbau-Institut von Islington. Außer seinen hohen Stalltüren besaß es auch eine ganz normal aussehende Haustür aus schick poliertem, paneeliertem Holz mit einem schwarzen Delphin als Türklopfer. Das einzig Merkwürdige an dieser Tür war die Stufe davor: die war fast drei Meter hoch, weil die Tür in das obere der beiden Stockwerke eingelassen und früher wahrscheinlich dazu da gewesen war, daß man Heu für hungrige Pferde hineinhievte.

Ein alter Flaschenzug ragte aus dem Ziegelwerk über der Tür, und über ihn lief das Tau, das Arthur in der Hand hielt. Am anderen Ende hing ein Cello. Die Tür über ihm ging auf.

»Okay«, sagte Fenchurch, »ziehen Sie an dem Tau und halten Sie das Cello. Ziehen Sie's rauf zu mir.«

Er zog an dem Tau, er hielt das Cello.

»Ich kann nicht weiter an dem Tau ziehen«, sagte er, »ohne das Cello loszulassen.«

Fenchurch beugte sich herunter.

»Ich halte das Cello«, sagte sie. »Ziehen Sie am Tau.«

Das Cello kam auf der Höhe der Haustür sanft schwingend zum Stehen, und Fenchurch bugsierte es nach drinnen.

»Kommen Sie rauf«, rief sie runter.

Arthur nahm seine Tasche mit den feinen Sachen und ging summend durch die Stalltür hinein.

Der untere Raum, den er zuvor schon kurz gesehen hatte, war ziemlich ruppig und voller Gerümpel. Eine riesige alte gußeiserne Wäschemangel stand da, und in einer Ecke stapelten sich erstaunlich viele Küchenausgüsse. Es stand da auch – Arthur sah es einen Moment lang mit Bestürzung – ein Kinderwagen, aber er war sehr alt und einfach mit Büchern vollgestopft.

Der Fußboden bestand aus altem, fleckigem Beton, der aufregend gesprungen war. Und so war Arthurs Stimmung, als er die wacklige Holztreppe hinten in der Ecke hinaufzusteigen begann. Selbst ein gesprungener Betonfußboden erschien ihm geradezu unerträglich sinnlich.

»Ein Freund von mir, der Architekt ist, erzählt mir immer wieder, was für wundervolle Dinge er mit diesem Haus machen könnte«, plapperte Fenchurch drauf los, als Arthur durch den Boden nach oben kam. »Er kommt ständig her, steht starr vor Staunen da, murmelt irgendwas von Raum und Objekten und Ereignissen und hervorragender Lichtqualität, sagt dann, er möchte einen Bleistift und verschwindet für Wochen. Die wundervollen Dinge haben es deshalb bisher unterlassen, sich hier zu ereignen.«

Eigentlich, dachte Arthur, während er sich umsah, war der obere Raum auch so schon mindestens recht wundervoll. Er war schlicht eingerichtet, mit Sachen aus Polstern und einer Stereoanlage möbliert, deren Lautsprecher Eindruck auf die Burschen gemacht haben würden, die Stonehenge errichteten.

Blumen gab es, die bleich, und Bilder, die interessant waren.

Im Dachraum befand sich eine Art Galerie, die ein Bett und auch ein Badezimmer enthielt, in dem man, wie Fenchurch erklärte, sogar eine Katze herumwirbeln konnte. »Aber«, setzte sie hinzu, »nur wenn es eine ziemlich geduldige Katze ist, die gegen ein paar unangenehme Schläge am Kopf nichts einzuwenden hat. So. Da wären wir also.«

»Ja.«

Sie sahen einander einen Augenblick lang an.

Der Augenblick wurde zu einem längeren Augenblick, und plötzlich war es ein sehr langer Augenblick, so lang, daß man kaum sagen konnte, woher all die Zeit herkam.

Für Arthur, der es schon unter normalen Umständen fertigkriegte, sich gehemmt zu fühlen, wenn er lange genug mit einer Schweizer-Käse-Pflanze allein gelassen wurde, war der Augenblick der einer endlosen Offenbarung. Er kam sich mit einemmal vor wie ein steifes, im Zoo geborenes Tier, das eines Morgens aufwacht und feststellt, daß die Tür zu seinem Käfig friedlich offensteht und die Savanne sich grau und rosa bis zur Sonne erstreckt, die in der Ferne aufgeht, während rund herum neue Geräusche erwachen.

Er überlegte, welche neuen Geräusche das seien, während er ihr in das unverhohlen verwunderte Gesicht und in die Augen blickte, die teilnahmsvoll erstaunt lächelten.

Ihm war nicht klar gewesen, daß das Leben mit einer Stimme zu einem redet, einer Stimme, die einem Antwort auf Fragen gibt, die man ihm unablässig stellt. Er hatte die Stimme nie bewußt gehört oder ihren Klang erkannt, bis sie jetzt etwas zu ihm sagte, das sie noch nie zu ihm gesagt hatte, nämlich: »Ja.«

Schließlich schlug Fenchurch mit einem kaum sichtbaren Kopfschütteln die Augen nieder.

»Ich weiß«, sagte sie. »Ich werde im Gedächtnis behalten müssen«, setzte sie hinzu, »daß du so ein Mensch bist, der nicht zwei Minuten lang ein simples Stückchen Papier in der Hand halten kann, ohne damit eine Tombola zu gewinnen.«

Sie wandte sich ab.

»Laß uns einen Sapziergang machen«, sagte sie rasch. »Hyde Park. Ich zieh mir was Salopperes an.«

Sie hatte ein ziemlich strenges, dunkles Kleid an, kein ausgesprochen formschönes, und es stand ihr nicht besonders.

»Ich trag's vor allem für meinen Cellolehrer«, sagte sie. »Er ist ein netter alter Knabe, aber manchmal glaube ich, dieses ganze

Gestreiche macht ihn ein bißchen hippelig. Ich bin gleich wieder da.«

Sie trippelte leichtfüßig die Treppe zur Galerie hinauf und rief herunter: »Leg die Flasche in den Kühlschrank. Für später.«

Als er die Flasche Champagner in den Kühlschrank schob, bemerkte er, daß ein genau gleiches Gegenstück daneben lag.

Er ging hinüber ans Fenster und sah hinaus. Er drehte sich um und begann, sich ihre Platten anzusehen. Von oben hörte er, wie ihr Kleid raschelnd zu Boden fiel. Er sprach innerlich mit sich darüber, was für eine Sorte Mensch er sei. Er sagte sich sehr entschieden, daß er wenigstens diesen Moment lang seine Augen sehr fest und standhaft auf die Rückentitel ihrer Platten geheftet lassen werde, daß er die Titel lesen, anerkennend nicken, die verdammten Dinger notfalls zählen werde. Aber er werde den Kopf unten behalten.

Das gelang ihm vollkommen, absolut und ganz und gar nicht.

Sie blickte mit solcher Intensität zu ihm herunter, daß sie kaum zu bemerken schien, daß er zu ihr hinaufsah. Dann schüttelte sie plötzlich den Kopf, ließ das leichte Sonnenkleid über ihre Schultern gleiten und verschwand schnell im Badezimmer.

Einen Augenblick später tauchte sie übers ganze Gesicht lächelnd und mit einem Sonnenhut auf dem Kopf wieder auf und kam die Treppe mit unglaublicher Leichtfüßigkeit heruntergetrippelt. Es war eine merkwürdige Art von Tanzbewegungen, die sie vollführte. Sie sah, daß er das bemerkte, und neigte ihren Kopf leicht zur Seite.

»Gefällt's dir?« fragte sie.

»Du siehst phantastisch aus«, sagte er einfach, denn das tat sie.

»Hmmm«, sagte sie, als habe er ihre Frage eigentlich nicht beantwortet.

Sie machte die obere Haustür zu, die die ganze Zeit offengestanden hatte, und blickte sich in dem kleinen Raum um, um zu sehen, ob alles die richtige Lage hatte, um eine Weile sich selbst überlassen zu werden. Arthurs Augen folgten ihren, und während er in die andere Richtung guckte, ließ sie aus einer Schublade etwas in ihre Leinenhandtasche gleiten.

Arthur sah sie wieder an.

»Fertig?«

»Wußtest du eigentlich«, sagte sie mit leicht verwirrtem Lächeln, »daß mit mir etwas nicht stimmt?«

Ihre Direktheit erwischte Arthur auf dem falschen Fuß.

»Tja«, sagte er, »ich habe vage was gehört von . . .«

»Ich wüßte gern, wieviel du wirklich über mich weißt«, sagte sie. »Wenn du's dort gehört hast, wo du's meiner Meinung nach gehört hast, dann ist es nicht das. Russell saugt sich sozusagen bloß was aus den Fingern, weil er mit dem, was es wirklich ist, nicht zu Rande kommt.«

Ein Gefühl der Angst durchfuhr Arthur.

»Was ist es denn dann?« fragte er. »Kannst du's mir nicht sagen?«

»Keine Bange«, sagte sie, »es ist überhaupt nichts Schlimmes. Bloß ungewöhnlich. Sehr sehr ungewöhnlich.«

Sie berührte seine Hand, beugte sich vor und küßte ihn flüchtig.

»Ich bin sehr gespannt«, sagte sie, »ob du heute abend dahinter kommst, was es ist.«

Arthur hatte das Gefühl, wenn ihm in dem Moment jemand einen Klaps auf den Rücken gegeben hätte, er hätte geklungen wie das tiefe, lang anhaltende, dröhnende Läuten, das sein graues Fischglas ertönen ließ, wenn er mit dem Daumennagel dagegen schnippte.

19

Ford Prefect war wütend, weil er fortwährend von Artilleriefeuer geweckt wurde.

Er ließ sich aus der Wartungsluke gleiten, die er zu einer Koje für sich umfunktioniert hatte, indem er ein paar von den lärmigeren Maschinen in ihrer Nähe stillgelegt und die Koje mit Handtüchern ausgepolstert hatte. Er hangelte sich an der Einstiegsleiter runter und pirschte miesgelaunt durch die Gänge.

Sie waren furchtbar eng und schlecht beleuchtet, und das bißchen Licht, das da war, flackerte ständig und wurde dunkler, wenn Kraftladungen mal in die eine, mal in die andere Richtung durch das Raumschiff wogten und heftige Vibrationen und kratzende Summgeräusche erzeugten.

Das war es aber nicht.

Er blieb stehen und beugte sich gegen die Wand zurück, als etwas, das wie ein kleiner silberner Elektrobohrer aussah, mit einem widerlichen, die Trommelfelle betäubenden Gekreisch den düsteren Gang entlang an ihm vorbeiflog.

Das war es auch nicht.

Er kletterte lustlos durch eine Schottluke und fand sich in einem breiteren, trotzdem schlecht beleuchteten Gang wieder.

Das Raumschiff schlingerte. Das hatte es schon eine ganze Weile getan, aber diesmal war's heftiger. Eine kleine Kompanie Roboter kam vorüber und machte ein schreckliches Geklapper.

Dennoch war es das nicht.

Ätzender Rauch zog vom einen Ende des Ganges heran, deshalb ging er ihn in der anderen Richtung weiter.

Er kam an einer Reihe von Beobachtungsmonitoren vorbei, die hinter Platten aus gehärtetem, aber trotzdem furchtbar zerkratztem Plexiglas in die Wände eingelassen waren.

Auf einem von ihnen war irgendein schreckliches, grünes, schuppiges Reptil zu sehen, das sich über das Wahlsystem mit übertragbaren Einzelstimmen ereiferte und schimpfte. Es war schwer zu sagen, ob es dafür oder dagegen war, aber es erregte sich jedenfalls sehr darüber. Ford drehte den Ton leiser.

Das war es aber auch nicht.

Er kam an einem anderen Monitor vorbei. Der zeigte einen Werbefilm für irgendeine Zahnpasta, die einem offenbar das

Gefühl von Freiheit schenkte, wenn man sie benutzte. Der Film war auch von grauenhafter Schmettermusik begleitet, aber das war es nicht.

Er gelangte zu einem anderen, viel größeren, dreidimensionalen Monitor, auf dem das Äußere des riesigen silbernen xaxisianischen Raumschiffs zu sehen war.

Gerade als er hinsah, kamen um den dunklen Schatten eines Mondes tausend schrecklich bewaffnete Robot-Sternenkreuzer aus Zirzla herumgefegt, die sich als Silhouetten gegen die gleißende Scheibe des Planeten Xaxis abhoben, und das Raumschiff schoß im selben Moment aus allen seinen Rohren bösartige Salven furchtbar unbegreiflicher Kräfte gegen sie ab.

Das war es.

Ford schüttelte nervös den Kopf und rieb sich die Augen. Er ließ sich auf den zertrümmerten Körper eines mattsilbernen Roboters plumpsen, der zuvor offensichtlich gebrannt hatte, mittlerweile aber so abgekühlt war, daß man drauf sitzen konnte.

Er gähnte und kramte seinen Reiseführer *Per Anhalter durch die Galaxis* aus seiner Umhängetasche. Er schaltete den Monitor ein und flimmerte sich träge durch ein paar Level 3-Einträge und ein paar Level 4-Einträge. Was er suchte, das waren irgendwelche guten Kuren gegen Schlaflosigkeit. Er fand RUHE, was genau das war, was er seiner Ansicht nach brauchte. Er fand RUHE UND ERHOLUNG, und wollte gerade weitersuchen, als er plötzlich eine bessere Idee hatte.

Er blickte zu dem riesigen Monitor hinauf.

Die Schlacht tobte jede Sekunde heftiger, und der Krach war entsetzlich. Das Raumschiff bebte, heulte und schlingerte jedesmal, wenn es einen neuen Schwall überwältigender Energie austeilte oder empfing.

Er sah wieder auf seinen *Anhalter* runter und schlug ein paar in Frage kommende Zielorte nach. Plötzlich lachte er, dann kramte er wieder in seiner Umhängetasche.

Er zog ein kleines Gedächtnis-Speicher-Modul heraus, wischte den Staub und die Kekskrümel ab und stöpselte es in eine Vorrichtung an der Rückseite des *Anhalters.*

Als alle Informationen, die er für unbedingt wichtig hielt, in dem Modul gespeichert waren, stöpselte er es wieder aus, schüttelte es leicht in seiner Hand, verstaute den *Anhalter* in seiner Umhängetasche, schmunzelte und machte sich auf die Suche nach der Datenbank des Raumschiffcomputers.

20

»Der Sinn, die Sonne abends, im Sommer und besonders in Parks untergehen zu lassen«, sagte ernst eine Stimme, »ist der, dem Auge das Auf- und Abwogen von Mädchenbrüsten deutlicher zu zeigen. Ich bin überzeugt, daß das so ist.«

Arthur und Fenchurch kicherten sich darüber gegenseitig zu, als sie vorübergingen. Sie schmiegte sich einen Moment lang enger an ihn.

»Und ich bin sicher«, sagte der rotgelockte Jüngling mit der langen dünnen Nase, der am Rande des Serpentine auf seinem Klappstuhl stehend Reden schwang, »wenn man sich das Argument genau besieht, würde man feststellen, daß es sich mit vollkommener Selbstverständlichkeit und Logik aus all dem ergibt«, versicherte er seinem mageren, dunkelhaarigen Kollegen, der über seine Niederlage beschämt auf dem Klappstuhl gleich daneben zusammengesunken war, »womit Darwin sich auseinandergesetzt hat. Das ist sicher. Das ist unzweifelhaft. Und«, fügte er hinzu, »ich find's toll.«

Er fuhr herum und schielte durch seine Brille Fenchurch an. Arthur führte sie weg und spürte, wie sie leise kicherte.

»Nächste Frage«, sagte sie, als sie mit Lachen aufhörte, »na los.«

»Okay«, sagte er, »dein Ellbogen. Dein linker Ellbogen. Irgendwas stimmt mit deinem linken Ellenbogen nicht.«

»Wieder falsch«, sagte sie, »ganz verkehrt. Du bist auf dem völlig falschen Dampfer.«

Die Sommersonne sank durch die Bäume im Park herab und sah aus, als wenn – ach, lassen wir die geschraubten Worte. Der Hyde Park ist überwältigend. Alles daran ist überwältigend, vom Müll am Montagmorgen mal abgesehen. Sogar die Enten sind überwältigend. Jeder, der imstande ist, sich an einem Sommerabend durch den Hyde Park zu bewegen, ohne davon ergriffen zu sein, bewegt sich wahrscheinlich in einem Krankenwagen hindurch, und das Laken ist ihm übers Gesicht gezogen.

Es ist ein Park, in dem die Leute außergewöhnlichere Dinge tun als anderswo. Arthur und Fenchurch stießen auf einen Mann in Shorts, der unter einem Baum ganz für sich allein Dudelsack übte. Der Spieler unterbrach sich, um ein amerikanisches Paar zu verscheuchen, das schüchtern versucht hatte, auf den Kasten, in den der Dudelsack kam, ein paar Münzen zu legen.

»Nein!« brüllte er sie an, »weg hier! Ich übe bloß!«

Er machte sich mit Nachdruck daran, seinen Dudelsack wieder aufzublasen, aber sogar dieses Geräusch konnte den beiden nicht die Laune verderben.

Arthur legte seine Arme um Fenchurch und ließ sie langsam nach unten gleiten.

»Ich glaube, dein Po kann es nicht sein«, sagte er nach einer Weile, »an dem scheint aber auch gar nichts verkehrt zu sein.«

»Ja«, stimmte sie zu, »an meinem Po ist absolut nichts verkehrt.«

Sie küßten sich so lange, daß der Dudelsackspieler schließlich auf der anderen Seite des Baumes weiterübte.

»Ich erzähl' dir eine Geschichte«, sagte Arthur.

»Sehr schön.«

Sie fanden ein Fleckchen Rasen, das relativ frei von gerade übereinander liegenden Paaren war. Sie setzten sich hin und sahen den überwältigenden Enten und dem tiefstehenden Sonnenlicht zu, das auf dem Wasser zwischen den überwältigenden Enten flimmerte.

»Eine Geschichte«, sagte Fenchurch und zog seinen Arm näher an sich heran.

»Die etwas von diesen Dingen erzählt, die mir ständig passieren. Sie ist absolut wahr.«

»Weißt du, manchmal erzählen die Leute einem Geschichten, die der besten Freundin der Kusine der Gattin angeblich passiert sind, aber in Wirklichkeit wahrscheinlich irgendwo von A bis Z erfunden sind.«

»Naja, meine ist wie eine von diesen Geschichten, nur daß sie wirklich passiert ist, und ich weiß, daß sie wirklich passiert ist, weil derjenige, dem sie wirklich passiert ist, ich bin.«

»Wie mit dem Tombolalos.«

Arthur lachte. »Ja. Ich mußte unbedingt einen Zug erreichen«, erzählte er. »Ich kam auf den Bahnhof . . .«

»Habe ich dir eigentlich erzählt«, unterbrach ihn Fenchurch, »was meinen Eltern auf einem Bahnhof passiert ist?«

»Ja«, sagte Arthur, »das hast du.«

»War bloß 'ne Kontrolle.«

Arthur sah auf seine Uhr. »Ich glaube, wir könnten langsam ans Nachhausegehen denken«, sagte er.

»Erst die Geschichte«, sagte Fenchurch bestimmt. »Du kamst auf den Bahnhof.«

»Ich war ungefähr zwanzig Minuten zu früh da. Ich hatte mich in der Abfahrtszeit geirrt. Ich glaube, es ist zumindest ebensogut möglich«, setzte er nach kurzem Nachdenken hinzu, »daß die Britische Eisenbahn sich in der Abfahrtszeit geirrt hatte. War mir noch nie passiert.«

»Erzähl weiter«, lachte Fenchurch.

»Ich kaufte mir also eine Zeitung, um das Kreuzworträtsel zu lösen, und ging an die Snackbar und holte mir eine Tasse Kaffee.«

»Du löst Kreuzworträtsel?«

»Ja.«

»Welches denn?«

»Normalerweise das im *Guardian*.«

»Ich finde, das bemüht sich, allzu schlau zu sein. Ich mag lieber das in der *Times.* Hast du's gelöst?«

»Was?«

»Das Kreuzworträtsel im *Guardian.*«

»Ich hatte ja noch nicht mal Gelegenheit, es mir anzusehen«, sagte Arthur. »Ich versuche immer noch, mir den Kaffee zu holen.«

»Na schön. Hol dir den Kaffee.«

»Ich hole ihn mir. Und dazu«, sagte Arthur, »kaufe ich mir ein paar Kekse.«

»Welche Sorte?«

»Rich Tea.«

»Gute Wahl.«

»Ich mag sie. Mit allen diesen neuen Besitztümern beladen gehe ich zu einem Tisch und setze mich. Aber frag mich nicht, wie der Tisch aussah, denn es ist schon einige Zeit her, und ich kann mich nicht erinnern. Wahrscheinlich war er rund.«

»Gut.«

»Ich will dir die genaue Anordnung schildern. Ich sitze am Tisch. Links von mir die Zeitung. Rechts die Tasse Kaffee. In der Mitte des Tisches die Packung Kekse.«

»Ich sehe es genau vor mir.«

»Was du nicht siehst«, sagte Arthur, »weil ich es noch nicht erwähnt habe, ist der Typ, der bereits an dem Tisch sitzt. Er sitzt mir gegenüber.«

»Wie sieht er aus?«

»Ganz normal. Aktentasche. Dunkler Straßenanzug. Er sah nicht so aus«, sagte Arthur, »als wolle er jeden Augenblick was Merkwürdiges tun.«

»Ah. Die Sorte kenne ich. Was tat er?«

»Folgendes. Er lehnte sich über den Tisch, nahm die Packung Kekse, riß sie auf, nahm sich einen und . . .«

»Was?«

»Aß ihn.«

»Was?«

»Er aß ihn.«

Fenchurch sah ihn erstaunt an. »Und was um alles auf der Welt hast du gemacht?«

»Naja, unter diesen Umständen tat ich, was jeder beherzte Engländer tun würde. Ich war gezwungen«, sagte Arthur, »es zu übersehen.«

»*Was?* Warum denn?«

»Tja, das sind Dinge, auf die man nicht vorbereitet ist, nicht? Ich durchwühlte mein Inneres und stellte fest, daß es in meiner Erziehung, meiner Erfahrung oder selbst in meinen primitiven Urinstinkten nirgendwo etwas gab, das mir sagte, wie ich auf jemanden reagieren muß, der mir vor meinen Augen einfach seelenruhig einen meiner Kekse klaut.«

»Aber du hättest . . .« Fenchurch dachte darüber nach. »Nein, ich weiß auch nicht, was ich getan hätte. Also, was passierte?«

»Ich starrte wütend auf das Kreuzworträtsel«, sagte Arthur. »Mir fiel nicht ein einziges Lösungswort ein, ich nippte am Kaffee, er war zu heiß zum Trinken, also blieb mir keine andere Wahl. Ich gab mir einen Ruck, nahm einen Keks und versuchte mit aller Kraft, nicht zu bemerken«, setzte er hinzu, »daß die Packung mysteriöserweise bereits offen war . . .«

»Aber du setzt dich zur Wehr, gehst hart zur Sache.«

»Ganz nach meiner Art, ja. Ich aß den Keks. Ich aß ihn sehr bewußt und sichtbar, damit der Mann keinen Zweifel darüber habe, was ich da tat. Wenn ich einen Keks esse«, sagte Arthur, »dann bleibt der gegessen.«

»Und was machte der Mann?«

»Nahm sich noch einen. Ehrlich«, schwor Arthur, »genau das ist passiert. Er nahm sich noch einen Keks, er aß ihn. Einfach und sonnenklar. So sicher, wie wir hier auf der Erde sitzen.«

Fenchurch bewegte sich unbehaglich.

»Und das Problem war«, sagte Arthur, »weil ich das *erste* Mal nichts gesagt hatte, war es irgendwie noch schwieriger, das Thema beim zweiten Mal aufs Tapet zu bringen. Was sagt man denn da? ›Entschuldigen Sie ... ich habe leider nicht übersehen können, äh ...‹ Funktioniert nicht. Nein, ich ignorierte es womöglich mit noch mehr Nachdruck als beim ersten Mal.«

»Mein lieber Mann ...«

»Ich starrte wieder auf das Kreuzworträtsel, kriegte immer noch kein Wörtchen raus, und zeigte deshalb etwas von dem Geist, den Heinrich V. am St. Crispinstag bewegte ...«

»Was?«

»Ich sprang nochmal in die Bresche. Ich nahm mir«, sagte Arthur, »noch einen Keks. Und eine Sekunde lang begegneten sich unsere Augen.«

»Ungefähr so?«

»Ja, das heißt, nein, nicht ganz so. Aber sie begegneten sich. Nur einen Augenblick lang. Und dann blickten wir beide weg. Aber ich kann dir versichern«, sagte Arthur, »daß ein bißchen Elektrizität in der Luft lag. Es baute sich ungefähr in dem Moment etwas Spannung über dem Tisch auf.«

»Das kann ich mir vorstellen.«

»Auf die Weise machten wir die ganze Packung durch. Er, ich, er, ich ...«

»Die *ganze* Packung?«

»Naja, es waren nur acht Kekse drin, aber es war in dem Augenblick, als äßen wir uns durch ein ganzes Leben voller Kekse. Gladiatoren konnte es kaum miserabler zumute sein.«

»Gladiatoren«, sagte Fenchurch, »hätten's im Freien machen müssen. Ist körperlich anstrengender.«

»Schon möglich. Also. Als die leere Packung leblos zwischen uns lag, stand der Mann, nachdem er sich von seiner schlechtestmöglichen Seite gezeigt hatte, endlich auf und ging. Ich stieß natürlich vor Erleichterung einen Seufzer aus. Wie es sich so traf, wurde mein Zug Augenblicke später aufgerufen, ich trank meinen Kaffee aus, stand auf, nahm die Zeitung, und unter der Zeitung ...«

»Ja?«

»Lagen *meine* Kekse.«

»Was?« sagte Fenchurch. *»Was?«*

»Tatsächlich.«

»Nein!« Sie schnappte nach Luft und warf sich lachend rückwärts auf den Rasen.

Sie setzte sich wieder auf.

»Du hast doch wohl nicht alle«, stöhnte sie vor Lachen, »du beinahe total und vollkommen verrückter Mensch.«

Sie schubste ihn um, rollte über ihn, küßte ihn und wälzte sich wieder von ihm runter. Er war überrascht, wie leicht sie war.

»Jetzt erzählst du mir eine Geschichte.«

»Ich dachte«, sagte sie mit leiser, belegter Stimme, »du hattest es sehr eilig, wieder zurückzugehen.«

»Ich hab's nicht eilig«, sagte er fröhlich. »Ich möchte, daß du mir eine Geschichte erzählst.«

Sie blickte über den Teich hinweg und überlegte.

»Na schön«, sagte sie, »sie ist nur ganz kurz. Und nicht so komisch wie deine, aber . . . Na, egal.«

Sie sah zu Boden. Arthur spürte, es war einer von diesen besonderen Augenblicken. Die Luft schien um sie herum stillzustehen und zu warten. Arthur wünschte, die Luft ginge weg und kümmere sich um ihre eigenen Angelegenheiten.

»Als ich noch ein Kind war«, sagte sie. »Diese Art Geschichten fangen immer so an, stimmt's? ›Als ich noch ein Kind war . . .‹ Na, egal. Das hier ist der Punkt, wo das Mädchen plötzlich ›Als ich noch ein Kind war‹ sagt und anfängt, sich ihr Herz auszuschütten. An dem Punkt sind wir jetzt. Als ich noch ein Kind war, hing über dem Fußende meines Bettes ein Bild . . . Wie gefällt sie dir bis jetzt?«

»Gut. Ich finde, sie läuft gut an. Du bringst den Aspekt Schlafzimmer hübsch zeitig herein. Wir könnten vielleicht noch ein paar nähere Hinweise auf das Bild brauchen.«

»Es war eins von diesen Bildern, die Kinder angeblich gefallen«, sagte sie, »was aber nicht stimmt. Voll allerliebster kleiner Tiere, die allerliebste Sachen machen, verstehst du?«

»Ich verstehe. Man hat mich auch damit gequält. Kaninchen in Herrenwesten.«

»Genau. Diese Kaninchen hockten auf einem Floß, zusammen mit verschiedenen Ratten und Eulen. Es kann vielleicht sogar ein Rentier dabeigewesen sein.«

»Auf dem Floß.«

»Auf dem Floß. Und ein Junge saß auf dem Floß.«

»Zwischen den Kaninchen in Herrenwesten und den Eulen und dem Rentier.«

»Genau da. Ein Junge von der Sorte munterer Zigeunerbengel.«

»Hu!«

»Das Bild ängstigte mich, muß ich sagen. Vor dem Floß schwamm ein Otter, und ich lag abends immer wach und ärgerte mich darüber, daß der Otter das Floß ziehen mußte, auf dem alle diese blöden Tiere saßen, die auf einem Floß gar nichts zu suchen hatten, und der Otter hatte so einen dünnen Schwanz, mit dem er das Floß zog, und ich meinte, der müßte ihm beim Ziehen die ganze Zeit wehtun. Ärgerte mich. Nicht sehr, aber ständig so ein bißchen. Eines Tages dann – und ich erinnere mich, daß ich jahrelang jeden Abend mir das Bild angesehen hatte – bemerkte ich plötzlich, daß das Floß ein Segel hatte. Hatte es noch nie gesehen. Dem Otter ging's fabelhaft, er schwamm einfach so dahin.«

Sie zuckte die Schultern.

»Gute Geschichte?« fragte sie.

»Endet etwas schwach«, sagte Arthur, »läßt das Publikum schreien: ›Ja und, was weiter?‹ Sehr hübsch bis dahin, braucht aber vor dem Nachspann noch einen letzten Kick.«

Fenchurch lachte und zog ihre Beine zu sich heran.

»Es war halt so eine plötzliche Entdeckung, Jahre fast unbemerkten Kummers fielen einfach ab, als legten sie schwere Gewichte ab, als würden Schwarz und Weiß zu Farben, als werde ein trockener Stecken mit einemmal gewässert. Die plötzliche Veränderung der Perspektive, die sagt: ›Leg deine Angst ab, die Welt ist gut und vollkommen. Es ist wirklich sehr leicht.‹ Du denkst wahrscheinlich, ich sage das, weil ich sagen möchte, ich hätte das heute nachmittag so gefühlt oder so, stimmt's?«

»Naja, ich . . .« sagte Arthur, dessen Gelassenheit plötzlich in Stücken lag.

»Na, ist schon gut«, sagte sie, »ich habe es gefühlt. Genau das habe ich empfunden. Aber verstehst du, ich habe es früher schon mal viel stärker gespürt. Unglaublich stark. Ich fürchte, ich bin ein bißchen jemand«, sagte sie und blickte in die Ferne, »für plötzliche und überraschende Entdeckungen.«

Arthur war völlig verdutzt, konnte kaum sprechen und hielt es daher für klüger, es nicht zu versuchen.

»Es war sehr *seltsam*«, sagte sie, ganz so, wie einer der verfolgenden Ägypter gesagt haben könnte, daß das Verhalten des Roten Meeres, als Moses mit seinem Stab zu ihm rüberwedelte, ein bißchen was Merkwürdiges an sich gehabt habe.

»Ganz seltsam«, wiederholte sie, »schon Tage zuvor hatte sich ein sehr merkwürdiges Gefühl in mir eingestellt, so als sollte ich niederkommen. Nein, eigentlich war es nicht so, sondern mehr so, als werde ich Stück für Stück in etwas eingeschaltet. Nein, auch so war's nicht; es war, als werde die ganze Erde durch mich hindurch in . . .«

»Sagt dir die Zahl«, sagte Arthur sanft, »zweiundvierzig eigentlich irgend etwas?«

»Was? Nein, wovon sprichst du?« rief Fenchurch.

»Bloß ein Gedanke«, murmelte Arthur.

»Arthur, ich mache keinen Spaß, für mich ist das sehr real, es ist mir ernst.«

»Auch *mir* war es vollkommen ernst«, sagte Arthur. »Nur über das Universum bin ich mir nicht ganz so sicher.«

»Was meinst du damit?«

»Erzähl mir den Rest«, sagte er. »Mach dir nichts draus, wenn es sich seltsam anhört. Glaub mir, du sprichst mit jemandem, der eine Menge Dinge gesehen hat«, und er setzte hinzu, »die seltsam sind. Und ich meine keine Kekse.«

Sie nickte und schien ihm zu glauben. Plötzlich packte sie ihn am Arm.

»Es war so *einfach*«, sagte sie, »so herrlich und ungeheuer einfach, als es eintrat.«

»Was war es?« fragte Arthur ruhig.

»Arthur, verstehst du«, sagte sie, »das weiß ich eben nicht mehr. Und der Verlust ist unerträglich. Wenn ich versuche, mich daran zu erinnern, wird alles flimmerig und flackerig, und wenn ich's allzu heftig versuche, komme ich bis zur Teetasse, und dann wird alles zappenduster.«

»Was?«

»Also, wie in deiner Geschichte«, sagte sie, »passierte das Wichtigste in einem Café. Ich saß dort und trank eine Tasse Tee. Das war, als ich schon tagelang das Gefühl hatte, in etwas eingeschaltet zu werden. Ich glaube, ich summte friedlich vor mich hin. Und auf der Baustelle gegenüber von dem Café wurde irgendeine Arbeit gemacht, und ich sah durch das Fenster zu, über den Rand meiner Tasse hinweg, was meiner Meinung nach die angenehmste Art ist, anderen Leuten beim Arbeiten zuzusehen. Und plötzlich wurde sie mir bewußt, diese Botschaft von irgendwoher. Und sie war so einfach. Sie gab allem einen Sinn. Ich setzte mich nur aufrecht hin und dachte: ›Oh! Oh, also dann ist ja alles klar!‹ Ich war so verdutzt, daß ich fast meine Teetasse fallen ließ, ich glaube sogar, ich ließ sie fallen. Ja«, fügte sie gedankenverloren hinzu, »ich bin sicher, daß ich sie fallen ließ. Hört sich das plausibel an?«

»Wunderbar, bis zu der Stelle mit der Teetasse.«

Sie schüttelte den Kopf und schüttelte ihn nochmal, als versuche sie, ihn klar zu bekommen, was sie tatsächlich auch zu tun versuchte.

»Tja, das ist es ja«, sagte sie. »Wunderbar, bis zu der Stelle mit der Teetasse. Das war der Moment, als es mir buchstäblich so vorkam, als wenn die Welt explodiere.«

»Was . . .?«

»Ich weiß, es klingt verrückt, und alle sagen, es waren Halluzinationen, aber wenn das Halluzinationen waren, dann habe ich Halluzinationen in 3D Breitwand mit 16-Kanal Dolby Stereo und sollte mich wahrscheinlich von Leuten anheuern lassen, die von Haifisch-Filmen die Nase voll haben. Es war, als würde mir der Boden buchstäblich unter den Füßen weggerissen, und ... und ...«

Sie schlug mit der flachen Hand leicht auf den Rasen, als wolle sie sich von etwas vergewissern, dann schien sie ihren Entschluß darüber, was sie sagen wollte, zu ändern.

»Und ich wachte im Krankenhaus auf. Ich bin wohl seitdem ständig mal drin und mal draußen. Und deshalb habe ich auch instinktiv Angst«, sagte sie, »vor den plötzlichen und seltsamen Entdeckungen, daß alles in Ordnung gehen wird.« Sie blickte zu ihm auf.

Arthur hatte einfach aufgehört, sich über die seltsamen Unregelmäßigkeiten, die seine Rückkehr zu seinem Heimatplaneten begleitet hatten, Gedanken zu machen, oder vielmehr hatte er sie in den Teil seines Inneren mit der Aufschrift »Zu überdenken – Dringend!« weggeschlossen. »Hier ist die Erde«, hatte er sich gesagt. »Hier ist, aus welchem Grund auch immer, die Erde, und hier bleibt sie. Mit mir drauf.« Aber nun schien sie um ihn herum zu verschwimmen, wie sie es an dem Abend in dem Auto getan hatte, als Fenchurchs Bruder ihm die verrückten Geschichten von dem CIA-Agenten in dem Stausee erzählte. Die Französische Botschaft verschwamm. Die Bäume verschwammen. Der Teich verschwamm, aber das war vollkommen natürlich und nichts, worüber man beunruhigt sein mußte, weil eine Graugans gerade darauf gelandet war. Die Gänse hatten ihren geruhsamen Spaß und keine wichtigen Antworten, zu denen sie die Fragen wissen wollten.

»Jedenfalls«, sagte Fenchurch plötzlich heiter und mit einem Lächeln aus großen Augen, »ist an irgendeiner Stelle was an mir verkehrt, und du mußt rausfinden, was. Laß uns nach Hause gehen.«

Arthur schüttelte den Kopf.

»Was ist los?« fragte sie.

Arthur hatte den Kopf geschüttelt, nicht um ihrem Vorschlag zu widersprechen, den er für wirklich ausgezeichnet hielt, für einen der großartigsten Vorschläge der Welt, sondern weil er gerade einen Augenblick lang versuchte, sich von dem immer wiederkehrenden Eindruck zu befreien, daß immer, wenn er es am wenigsten erwartete, das Universum plötzlich hinter einer Tür hervorgehüpft kam und bäh! zu ihm machte.

»Ich versuche nur gerade, mal klipp und klar was festzustellen«, sagte Arthur. »Du sagst, du hattest das Gefühl, als wenn die Erde ... tatsächlich ... explodierte ...«

»Ja. Nicht nur das Gefühl.«

»Was bedeutet, daß das, was alle anderen behaupten«, sagte er zögernd, »Halluzinationen sind?«

»Ja. Aber Arthur, das ist lächerlich. Die Leute meinen, wenn man ›Halluzinationen‹ sagt, erklärt das alles, was man damit erklärt haben möchte, und danach ist alles, was man nicht versteht, einfach weg. Es ist doch nur ein Wort, es erklärt gar nichts. Es erklärt nicht, warum die Delphine verschwunden sind.«

»Nein«, sagte Arthur. »Nein«, fügte er nachdenklich hinzu. »Nein«, setzte er noch nachdenklicher hinzu. »Was?« sagte er schließlich.

»Es erklärt nicht das Verschwinden der Delphine.«

»Nein«, sagte Arthur, »das ist klar. Welche Delphine meinst du?«

»Was meinst du, welche Delphine? Ich spreche von dem Moment, als alle Delphine verschwanden.«

Sie legte ihm die Hand aufs Knie, was ihm zu verstehen gab, daß das Kribbeln, das an seiner Wirbelsäule rauf und runter lief, nicht daher kam, daß sie ihm zärtlich den Rücken streichelte, sondern vielmehr von einem dieser widerlichen Gruselgefühle, die er so oft hatte, wenn die Leute ihm was zu erklären versuchten.

»Die Delphine?«

»Ja.«

»Alle Delphine«, sagte Arthur, »sind verschwunden?«

»Ja.«

»Die Delphine? Du sagst, die Delphine sind alle verschwunden? Ist es das«, fragte Arthur, der über diesen Punkt absolute Klarheit wollte, »was du sagst?«

»Arthur, wo um Himmels willen bist du gewesen? Die Delphine sind am selben Tag verschwunden, an dem ich . . .«

Sie sah ihm gespannt in die entsetzten Augen.

»Was . . .?«

»Keine Delphine. Alle weg. Verschwunden.«

Sie forschte in seinem Gesicht.

»Hast du das wirklich nicht gewußt?«

Man sah es deutlich an seinem entsetzten Gesicht, daß er es nicht gewußt hatte.

»Wo sind sie denn hin?« fragte er.

»Das weiß niemand. Genau das bedeutet ja ›verschwunden‹.« Sie zögerte. »Naja, einen Menschen gibt es, der sagt, er weiß es, aber alle sagen, er wohnt in Kalifornien«, sagte sie, »und ist verrückt. Ich habe überlegt, ob ich ihn besuche, weil er anscheinend den einzigen Hinweis geben kann, was mir passiert ist.«

Sie zuckte die Schultern und sah ihn lange schweigend an. Dann legte sie ihm die Hand auf die Wange.

»Ich würde wirklich gern wissen, wo du gewesen bist«, sagte sie. »Ich glaube, dir ist auch irgendwas Schreckliches zugestoßen. Und deshalb haben wir uns erkannt.«

Sie blickte sich im Park um, der nun allmählich in die Fänge der Dämmerung geriet.

»Na«, sagte sie, »nun hast du jemanden, dem du's erzählen kannst.«

Arthur stieß langsam einen über die Jahre aufgestauten Seufzer aus. »Das ist«, sagte er, »eine sehr lange Geschichte.«

Fenchurch beugte sich über ihn weg und zog ihre Leinentasche zu sich heran.

»Hat es irgendwas hiermit zu tun?«fragte sie. Das Ding, das sie aus ihrer Tasche nahm, war zerbeult und abgeschabt, weil es in prähistorische Flüsse geworfen worden war, unter der Sonne gebraten hatte, die so rot auf die Wüsten von Kakrafoon scheint, weil es halb im marmorierten Sand vergraben war, der die berauschend dunstigen Meere von Santraginus V säumt, weil es auf den Gletschern des Mondes von Jaglan Beta festgefroren war, weil man auf ihm gesessen, es in Raumschiffen herumgekickt, herumgeschrammt und im allgemeinen falsch benutzt hatte, und da seine Hersteller sich gedacht hatten, daß dies genau die Dinge seien, die ihm widerfahren könnten, hatten sie es zur Vorsicht in eine robuste Plastikhülle gesteckt und darauf in großen, freundlichen Buchstaben die Worte »Keine Panik« geschrieben.

»Wo hast du das her?« fragte Arthur erstaunt und nahm es ihr aus der Hand.

»Aha«, sagte sie. »Ich dachte mir, daß es dir gehört. In Russells Wagen neulich abend. Es ist dir runtergefallen. Bist du an vielen dieser Orte gewesen?«

Arthur zog den Reiseführer *Per Anhalter durch die Galaxis* aus seiner Hülle. Er sah wie ein kleiner, dünner, flexibler Reisecomputer aus. Arthur drückte auf ein paar Knöpfe und auf der Mattscheibe leuchtete Text auf.

»An einigen«, sagte er.

»Können wir dorthin?«

»Was? Nein«, sagte Arthur hastig. Dann wurde er nachgiebiger, aber er wurde sehr vorsichtig nachgiebiger. »Möchtest du das denn?« fragte er und hoffte, die Antwort wäre nein. Es war ein Akt großen Edelmuts seinerseits, daß er nicht »Das möchtest du doch wohl nicht« gesagt hatte.

»Ja«, sagte sie. »Ich möchte wissen, wie die Botschaft lautete, die ich verloren habe, und woher sie kam. Denn ich glaube nicht«, fuhr sie fort, während sie aufstand und sich in der zunehmenden Dunkelheit des Parks umblickte, »daß sie von hier kam.«

»Ich bin nicht mal sicher«, setzte sie hinzu und legte Arthur den Arm um die Taille, »daß ich weiß, wo ›hier‹ ist.«

21

Der Reiseführer *Per Anhalter durch die Galaxis* ist, wie schon oft und richtig bemerkt worden ist, ein recht erstaunliches Ding. Er ist, wie der Titel zu verstehen gibt, im Grunde ein Handbuch. Das Problem ist, oder vielmehr eins der Probleme, denn es gibt viele, von denen ein ansehnlicher Teil unablässig die Zivil-, Handels- und Schwurgerichte aller Gegenden der Galaxis und, wo es möglich ist, besonders die korrupteren lahmlegt, dieses.

Der vorangehende Satz ist logisch, das ist nicht das Problem.

Das ist es:

Veränderung.

Lesen Sie ihn nochmal, und Sie werden ihn verstehen.

Die Galaxis ist eine sich schnell verändernde Angelegenheit. Es gibt, offen gesagt, ungeheuer vieles darin, von dem jedes kleinste Teilchen fortwährend in Bewegung ist, sich fortwährend verändert.

Ein ganz schöner Alptraum, mögen Sie vielleicht denken, für einen pingeligen und gewissenhaften Herausgeber, der sich eifrig bemüht, diesen unsagbar detaillierten und komplizierten elektronischen Schmöker auf der Höhe mit allen sich verändernden Umständen und Bedingungen zu halten, die die Galaxis jede Minute jeder Stundes jedes Tages hervorbringt, und Sie dächten falsch. Worin Sie falsch denken, ist, daß Ihnen einfach entgangen ist, daß der Herausgeber, wie alle Herausgeber, die der *Anhalter* je hatte, kein rechtes Verständnis für die Wörter »pingelig«, »gewissenhaft« oder »eifrig« aufbringt und eher dazu neigt, sich seine Alpträume durch einen Strohhalm einzupfeifen.

Die Artikel werden in der Regel über das Sub-Etha-Netz auf den neuesten Stand gebracht oder nicht, je nachdem, ob sie sich gut lesen.

Nehmen Sie zum Beispiel den Fall von Brequinda im Foth von Avalars, in der Sage, im Märchen und in den lächerlich dämlichen Tri-D Mini-Serien als Heimat des herrlichen und dämonischen fuolornisischen Feuerdrachens berühmt.

In alter Zeit, lange vor der Ankunft des Sorth von Bragadox, als Fragilis sang und Sexaquine von Quenelux regierte, als die Luft lind war und die Nächte aromatisch, und dennoch jeder es irgendwie fertigkriegte, oder wenigstens behaupteten sie das, aber wie um alles auf der Welt sie denken konnten, daß irgend jemand auch nur entfernt so naiv wäre, bei all der linden Luft und den aromatischen Nächten und was nicht noch eine so alberne Behauptung zu glauben, das ist allen ein Rätsel, Jungfrau zu bleiben, war es unmöglich, auf Brequinda im Foth von Avalars einen Backstein in die Gegend zu schmeißen, ohne mindestens ein halbes Dutzend fuolornisischer Feuerdrachen zu treffen.

Ob man das vielleicht wollte, ist eine andere Sache.

Nicht daß die Feuerdrachen keine im Grunde friedliebende Spezies gewesen wären, denn das waren sie. Sie verehrten den Frieden auf tot und kaputt, und dieses überschwengliche Verehren von Dingen auf tot und kaputt war oftmals in sich das Problem: man verletzt so oft den, den man liebt, vor allem, wenn man ein fuolornisischer Feuerdrachen ist mit einem Atem wie ein Raketenantrieb und Zähnen wie ein Parkgitter. Ein anderes Problem war, wenn sie erst mal in Fahrt waren, dann verletzten sie auch gleich noch jede Menge von denen mit, die von anderen Leuten geliebt wurden. Addieren Sie zu all dem die relativ kleine Anzahl Verrückter, die tatsächlich in der Gegend herumliefen und mit Backsteinen warfen, und Sie kommen auf eine Riesenzahl von Leuten auf Brequinda im Foth von Avalars, die von Drachen ernstlich verletzt wurden.

Aber machten sie sich was draus? Nein.

Hörte man sie sich über ihr Schicksal beklagen? Nein.

Die fuolornisischen Feuerdrachen wurden in allen Gegenden auf Brequinda im Foth von Avalars wegen ihrer wilden Schönheit, ihrer noblen Art und ihrer Angewohnheit verehrt, Leute zu beißen, von denen sie nicht verehrt wurden.

Und warum das?

Die Antwort war einfach.

Sex.

Aus irgendwelchen unbegreiflichen Gründen hat es was geradezu unerträglich Erotisches, in mondhellen Nächten, die in Numero lind und aromatisch sowieso schon gefährlich sind, riesige feuerspeiende Zauberdrachen tief über den Himmel fliegen zu sehen.

Warum das so ist, hätte die von Romantik berauschte Bevölkerung von Brequinda im Foth von Avalars einem nicht sagen können, sie würde aber nicht aufgehört haben, die Angelegenheit zu diskutieren, sobald die Wirkung mal da und unübersehbar war, denn kaum war ein Schwarm von einem halben Dutzend seidenflügliger, lederleibiger fuolornisischer Feuerdrachen über den abendlichen Horizont in Sichtweite geflattert, da hastete die Hälfte der Bevölkerung von Brequinda mit der anderen Hälfte in den Wald, um dort gemeinsam eine geschäftige und atemlose Nacht zu verbringen, mit den ersten Strahlen der Morgendämmerung verklärt lächelnd und glücklich wieder aufzutauchen und immer noch ganz liebreizend zu behaupten, Jungfrauen zu sein, wenn auch ziemlich errötete und erhitzte Jungfrauen.

Pheromone, sagten einige Forscher.

Irgendwas Akustisches, behaupteten andere.

Die Gegend war ständig angefüllt mit Forschern, die dem allen auf den Grund zu kommen versuchten und sich viel Zeit dafür ließen.

Es überrascht nicht, daß die so anschauliche und aufreizende Darstellung des *Anhalters* über die allgemeine Lage auf diesem Planeten sich unter den Hitchhikern, die sich von ihm führen lassen, als erstaunlich beliebt erwiesen hat und deshalb einfach nie gestrichen wurde, und es bleibt so den heutigen Reisenden überlassen, selber rauszufinden, daß das heutige moderne Brequinda im

Stadtstaat Avalars mittlerweile aus kaum mehr als Beton, Striptease-Lokalen und Drachenburger-Bars besteht.

22

Die Nacht in Islington war lind und aromatisch.

Es flatterten natürlich keine fuolornisischen Feuerdrachen in der kleinen Gasse herum, aber wenn welche zufällig vorbeigekommen wären, hätten sie sich genausogut über die Straße hinweg auf eine Pizza davonmachen können, denn sie wären nicht gebraucht worden.

Wäre aber ein unerwarteter Notfall eingetreten, während sie noch mitten in ihren Quattro Stagionis mit einer Extraration Anchovis waren, dann hätten sie jederzeit eine Botschaft über die Straße schicken können, Dire Straits aufzulegen, die mittlerweile dafür bekannt sind, genau dieselbe Wirkung zu haben.

»Nein«, sagte Fenchurch, »noch nicht.«

Arthur legte Dire Straits auf. Fenchurch stieß die obere Haustür halb auf, um ein bißchen mehr von der linden, aromatischen Nachtluft hereinzulassen. Sie saßen beide auf ein paar von den Möbeln aus Kissen, sehr nahe an der offenen Champagnerflasche.

»Nein«, sagte Fenchurch, »nicht, solange du nicht rausgefunden hast, was an mir nicht stimmt, welcher Teil. Aber ich glaube«, setzte sie sehr, sehr, sehr sanft hinzu, »wir könnten ebensogut damit anfangen,worauf deine Hand jetzt liegt.«

Arthur sagte: »Und in welche Richtung muß ich damit?«

»In diesem Fall«, sagte Fenchurch, »nach unten.«

Er bewegte seine Hand.

»Nach unten«, sagte sie, »ist genau die andere Richtung.«

»Oh ja.«

Mark Knopfler hat die unwahrscheinliche Fähigkeit, einen Schecter Custom Stratocaster zum Heulen und Singen zu bringen wie Engel am Samstagabend, die vom Die-ganze-Woche-Gutsein erschöpft sind und ein ordentliches Bier brauchen – was an dieser Stelle genau genommen nicht wichtig ist, weil die Platte noch nicht bis zu diesem Titel gelangt war, aber es wird zu viel anderes passieren, wenn sie's tut, und außerdem hat der Chronist nicht die Absicht, mit einer Titelliste und einer Stoppuhr dabeizusitzen, deshalb ist es wohl das beste, ihn jetzt zu erwähnen, wenn sich die Dinge noch geruhsam weiterbewegen.

»Und damit kommen wir«, sagte Arthur, »zu deinem Knie. Etwas ist auf schreckliche und tragische Weise verkehrt an deinem linken Knie.«

»Mein linkes Knie«, sagte Fenchurch, »ist absolut in Ordnung.«

»Das stimmt.«

»Wußtest du, daß . . .«

»Was?«

»Ähm, ist okay, ich sehe, du weißt es. Nein, mach weiter.«

»Also hat es irgendwas mit deinen Füßen zu tun . . .«

Sie lächelte in dem matten Licht und kuschelte ihre Schultern verschwiegen in die Kissen. Da es im Universum Kissen gibt, auf Squornshöllisch Beta, um genau zu sein, zwei Welten weiter drinnen, vom Matratzenmorast aus gesehen, die es lebhaft genießen, wenn man sich an sie kuschelt, besonders wenn es verschwiegen geschieht, und zwar wegen der synkopischen Art, in der Schultern sich bewegen, ist es ein Jammer, daß sie nicht dabei waren. Sie waren's nicht, aber so ist das Leben.

Arthur hatte ihren linken Fuß in seinem Schoß und besah ihn sich sorgfältig. Die ganze Art und Weise, wie ihr Kleid von ihren Beinen herabfiel, machte es ihm in diesem Augenblick schwer, besonders klar zu denken.

»Ich muß zugeben«, sagte er, »daß ich eigentlich nicht weiß, wonach ich suche.«

»Du wirst es wissen, wenn du's gefunden hast«, sagte sie. »Wirklich, das wirst du.« Es war ein leichtes Stocken in ihrer Stimme. »Es ist nicht dieser.«

Arthur, der das immer rätselhafter fand, ließ ihren linken Fuß auf den Boden gleiten und drehte sich herum, um ihren rechten Fuß zu nehmen. Sie rutschte vorwärts, legte die Arme um ihn und küßte ihn, weil die Platte bei dem Titel angelangt war, von dem, wenn Sie die Platte kennen würden, Sie wüßten, daß es einfach unmöglich ist, das nicht zu tun.

Dann streckte sie ihm den rechten Fuß hin.

Er streichelte ihn, fuhr mit den Fingern um den Knöchel, unter die Zehen, über den Rist, konnte aber nichts Verkehrtes daran finden.

Sie sah ihm sehr belustigt zu, lachte und schüttelte den Kopf.

»Nein, hör nicht auf«, sagte sie, »aber jetzt ist es nicht mehr dieser.«

Arthur hielt inne und blickte finster auf ihren linken Fuß am Boden.

»Hör nicht auf.«

Er streichelte ihren rechten Fuß, fuhr mit den Fingern um den Knöchel, unter die Zehen, über den Rist und sagte: »Du meinst, es hängt davon ab, welches Bein ich gerade halte . . .?«

Sie vollführte ein weiteres jener Schulterzucken, die so viel Freude in das Leben eines einfachen Kissens aus Squornshöllisch Beta gebracht hätte.

Er zog die Stirn kraus.

»Heb mich hoch«, sagte sie sanft.

Er legte ihren rechten Fuß auf den Boden und stand auf. Das tat sie auch. Er hob sie hoch, und sie küßten sich wieder. Das ging so eine Weile weiter, dann sagte sie: »Nun laß mich wieder runter.«

Er tat es, noch immer völlig ahnungslos.

»Na?«

Sie sah ihn fast herausfordernd an.

»Was ist also verkehrt an meinen Füßen?« fragte sie.

Arthur begriff immer noch nicht. Er setzte sich auf den Boden, dann hockte er sich auf die Hände und Knie, um ihre Füße sozusagen *in situ* zu betrachten, in ihrer normalen Umgebung. Und als er näher hinsah, fiel ihm etwas Merkwürdiges auf. Er legte den Kopf ganz dicht an die Erde und guckte. Eine lange Stille trat ein. Er setzte sich schwerfällig auf.

»Ja«, sagte er, »jetzt sehe ich, was an deinen Füßen nicht stimmt. Sie berühren nicht den Boden.«

»Und . . . und was denkst du . . .?«

Arthur blickte rasch zu ihr auf und sah, wie tiefe Sorge ihre Augen plötzlich verdunkelte. Sie biß sich auf die Lippen und zitterte.

»Was machst . . .«, stammelte sie. »Wirst du . . .?« Sie schüttelte ihr Haar nach vorn über die Augen, die sich mit dunklen, ängstlichen Tränen füllten.

Er stand schnell auf, legte die Arme um sie und gab ihr einen Kuß.

»Vielleicht kannst du auch, was ich kann«, sagte er und spazierte geradenwegs aus ihrer Haustür im ersten Stock.

Die Platte gelangte zu dem tollen Titel.

23

Die Schlacht um den Planeten Xaxis tobte weiter. Hunderte der wütenden und schrecklich waffenstarrenden Raumschiffe aus Zirzla waren inzwischen zermalmt und von den vernichtenden Kräften, die das riesenhafte silberne xaxisianische Raumschiff zu entfalten vermochte, zu Atomen zerfetzt worden.

Auch der Mond war zum Teil weg, weggesprengt von denselben flammenden Strahlenkanonen, die selbst das Gefüge des Weltraums zerfetzten, wenn sie hindurchgingen.

Die restlichen Schiffe aus Zirzla, so grauenhaft bewaffnet sie waren, waren nun der verheerenden Gewalt des Schiffes aus Xaxis hoffnungslos ausgesetzt und suchten gerade hinter dem sich rasch in seine Einzelteile auflösenden Mond Deckung, als das xaxisianische Raumschiff, in rasender Verfolgung hinter ihnen her, plötzlich verkündete, es brauche einen Tag Ruhe, und das Schlachtfeld verließ.

Einen Moment lang verdoppelten sich Angst und Bestürzung, aber das Raumschiff war weg.

Mit den gewaltigen Energien, die ihm zur Verfügung standen, flitzte es über weite Strecken völlig widersinnig gestalteten Raumes hinweg – rasch, mühelos und vor allen Dingen leise.

Tief in seiner schmierigen, stinkigen Koje, die er sich aus einer Wartungsluke zurechtgemacht hatte, schlief Ford Prefect zwischen seinen Handtüchern und träumte von alten Lieblingsorten. Irgendwann träumte er von New York.

Er spazierte in seinem Traum spät nachts an der East Side an dem Fluß entlang, der inzwischen so wahnsinnig verunreinigt war, daß spontan neue Bioformen aus ihm auftauchten und die Wohlfahrtsrente und das Wahlrecht verlangten.

Eine davon schwamm gerade winkend vorüber. Ford winkte zurück.

Das Ding paddelte ans Ufer und hangelte sich die Böschung hoch.

»Hi«, sagte es, »ich bin gerade entstanden. Ich bin in jeder Hinsicht vollkommen neu im Universum. Gibt's irgendwas, das du mir erzählen kannst?«

»Pfff«, sagte Ford ein bißchen verblüfft, »ich kann dir vielleicht sagen, wo du ein paar Bars findest.«

»Wie steht's mit Liebe und Glück. Ich spüre ein tiefes Verlangen nach sowas«, sagte es und wackelte mit seinen Fühlern. »Hast du da irgendeinen Rat?«

»Was du brauchst«, sagte Ford, »kannst du zum Teil auf der Siebten Avenue finden.«

»Ich fühle instinktiv«, sagte die Kreatur begierig, »daß ich wunderschön bin. Stimmt das?«

»Du bist ganz schön direkt, was?«

»Red nich um den heißen Brei rum. Bin ich schön?«

Das Ding schleimte mittlerweile platschend und blubbernd über die ganze Gegend weg. Ein Penner in der Nähe zeigte Interesse.

»Für meinen Geschmack?« sagte Ford. »Nein. Aber weißt du«, setzte er nach einem kurzen Moment hinzu, »die meisten Leute tun so, als wären sie's, verstehst du. Gibt's noch solche wie dich da unten?«

»Keine Ahnung, Kumpel«, sagte die Kreatur, »wie ich ja bereits sagte, bin ich neu hier. Das Leben ist mir total unbekannt. Wie ist es denn?«

Das war etwas, worüber Ford seiner Meinung nach mit Autorität was sagen konnte.

»Das Leben«, sagte er, »ist wie eine Pampelmuse.«

»Äh, und wieso?«

»Naja, es ist außen gewissermaßen orangegelb und riffelig, und naß und glitschig in der Mitte. Drinnen hat's außerdem Kerne. Tja, und einige Leute essen eine Hälfte zum Frühstück.«

»Gibt's sonst noch jemanden da draußen, mit dem ich reden kann?«

»Das nehme ich an«, sagte Ford. »Frag doch einen Polizisten.«

Tief in seiner Koje zappelte Ford Prefect nervös hin und her und drehte sich auf die andere Seite. Es war nicht seine Traum-Lieblingssorte, weil Eccentrica Gallumbits, die dreibrüstige Hure von Erotikon VI, nicht darin vorkam, die in vielen seiner Träume die Hauptrolle spielte. Aber wenigstens war es ein Traum. Wenigstens schlief er.

24

Zum Glück herrschte in der kleinen Gasse ein starker Aufwind, denn Arthur hatte so etwas schon eine Weile nicht mehr gemacht, wenigstens nicht mit Absicht, und mit Absicht ist genau die Art und Weise, in der man es nicht tun soll. Er sauste mit Karacho abwärts, fing sich an der Türschwelle beinahe eine ekelhafte Schramme am Kiefer ein und purzelte durch die Luft, plötzlich so verdutzt darüber, was für eine wahnsinnige Dummheit er gemacht hatte, daß er die Sache mit dem Aufprall am Boden vollkommen vergaß und es auch nicht tat.

Ein hübscher Trick, dachte er im stillen, wenn man ihn kann.

Der Erdboden hing drohend über seinem Kopf.

Er versuchte, nicht über den Erdboden nachzudenken, darüber, was für ein ungeheuer riesiges Ding er ist und wie weh er ihm tun würde, wenn er beschlösse, nicht mehr dort zu hängen, und plötzlich auf ihn fiele. Statt dessen versuchte er, was Nettes über Lemuren zu denken, was genau das Richtige war, weil er sich in dem Augenblick nicht mehr genau erinnern konnte, was eine Lemure war, ob sie eins von diesen Dingern war, die in großen, majestätischen Rudeln über die Ebenen von wo auch immer fegten oder ob es sich um Gnus handelte, jedenfalls war es ganz schön schlau, was Nettes darüber zu denken, ohne einfach auf die sentimentale Tour allgemeinen Wohlwollens gegenüber den Dingen zurückzugreifen, und all das hielt seinen Verstand in Atem, während sein Körper sich auf die Tatsache einzustellen bemühte, daß er überhaupt nichts berührte.

Das Einwickelpapier eines Mars-Riegels flatterte die Gasse hinunter.

Nach einem scheinbaren Moment des Zweifelns und der Unentschiedenheit erlaubte es schließlich dem Wind, es flatternd zwischen Arthur und dem Erdboden in der Schwebe zu halten.

»Arthur . . .«

Der Erdboden hing immer noch drohend über seinem Kopf, und er dachte, es wäre wahrscheinlich an der Zeit, etwas daran zu ändern, wie zum Beispiel, ein Stück von ihm wegzusinken, und genau das tat er. Langsam. Sehr, sehr langsam.

Während er langsam, sehr, sehr langsam fiel, machte er seine Augen zu – vorsichtig, um nicht gegen irgend etwas zu stoßen.

Das Gefühl seiner geschlossenen Augen durchrann seinen ganzen Körper. Als es in seinen Füßen angekommen war und sein ganzer Körper auf die Tatsache aufmerksam gemacht war, daß seine Augen nun geschlossen seien und er dadurch nicht in Panik geraten war, drehte Arthur seinen Körper langsam, sehr, sehr langsam in die eine Richtung und seinen Verstand in die andere.

Das sollte den Erdboden aus der Welt schaffen.

Er spürte jetzt die reine Luft über sich, die recht munter um ihn herumwehte, ohne sich von seiner Anwesenheit stören zu lassen, und langsam, sehr, sehr langsam, wie aus einem tiefen und weit zurückliegenden Schlaf erwachend, öffnete er die Augen.

Er war natürlich schon früher geflogen, war viele Male auf Krikkit geflogen, bis ihm das ganze Vogelgeschwätz auf die Nerven gegangen war, aber diesmal war es anders.

Hier war er auf seinem eigenen Planeten und hing in aller Ruhe und ohne viel Gewese, von einem leichten Zittern abgesehen, das auf eine ganze Reihe von Dingen zurückzuführen war, in der Luft.

Drei oder vier Meter unter ihm war der harte Asphalt, und ein paar Meter weiter rechts sah man die gelben Straßenlichter der Upper Street. Zum Glück war es in der kleinen Gasse dunkel, weil die Laterne, die sie eigentlich die Nacht durch beleuchten sollte, auf eine sehr sinnreiche Zeitschaltung eingestellt war, was hieß, daß sie kurz vor Mittag anging und wieder ausging, wenn der Abend sich zu neigen begann. Arthur war deshalb in einer Hülle aus schwarzer Finsternis sicher verborgen.

Langsam, sehr, sehr langsam hob er seinen Kopf zu Fenchurch, die in schweigender, atemloser Verwunderung dastand und sich als Silhouette gegen ihre obere Eingangstür abhob.

Ihr Gesicht war nur Zentimeter von seinem entfernt.

»Ich wollte dich gerade fragen«, sagte sie langsam mit zitternder Stimme, »was du da tust. Aber dann merkte ich, daß ich ja sehen kann, was du tust. Du fliegst. Darum kam es mir«, fuhr sie nach einer kleinen erstaunten Pause fort, »wie eine ziemlich dumme Frage vor.«

Arthur fragte: »Kannst du es auch?«
»Nein.«
»Möchtest du's versuchen?«
Sie biß sich auf die Lippe und schüttelte den Kopf, nicht so sehr, um nein zu sagen, sondern schlicht vor vollkommener Verwirrung. Sie zitterte wie ein Blatt.
»Es ist ganz leicht«, drängte Arthur, »wenn du nicht weißt, wie's geht. Das ist das Wichtigste daran. Sei bloß nicht sicher, wie man's macht.«
Nur um zu zeigen,wie leicht es sei, schwebte er die Gasse hinunter, stürzte recht dramatisch nach oben und kam wieder zu ihr runtergeschaukelt wie ein Geldschein auf einem Windhauch.
»Frag mich, wie ich das gemacht habe.«
»Wie . . . hast du das gemacht?«
»Keine Ahnung. Nicht den geringsten Schimmer.«
Sie zuckte verwirrt die Schultern. »Und wie soll ich . . .?«
Arthur schaukelte ein bißchen tiefer und streckte die Hand aus.
»Versuch doch mal«, sagte er, »auf meine Hand zu steigen. Bloß mit einem Fuß.«
»Was?«
»Versuch's.«
Ängstlich, zögernd, beinahe so, sagte sie sich, als wenn sie versuche, jemandem auf die Hand zu steigen, der vor ihr mitten in der Luft schwebte, stieg sie auf seine Hand.
»Jetzt der andere.«
»Was?«
»Verlagere dein Gewicht nach vorn.«
»Ich kann nicht.«
»Versuch's.«
»So?«
»Ja, so.«
Ängstlich, zögernd, beinahe so, sagte sie sich, als wenn – sie hörte auf, sich zu sagen, wie das sei, was sie da tat, weil sie ein Gefühl hatte, das sie nicht zur Kenntnis nehmen wollte.

Sie richtete die Augen sehr, sehr fest auf die Regenrinne am Dach des baufälligen Lagerschuppens gegenüber, die sie schon seit Wochen störte, weil sie sichtlich drauf und dran war runterzufallen, und sie fragte sich, ob jemand daran was tun werde oder ob sie irgend jemandem irgendwas sagen müsse, und dachte einen Augenblick nicht über die Tatsache nach, daß sie auf den Händen von jemandem stand, der auf absolut gar nichts stand.

»Jetzt«, sagte Arthur, »nimm das Gewicht von deinem linken Fuß.«

Sie überlegte, daß der Lagerschuppen der Teppichfirma gehöre, die ihr Büro um die Ecke hatte, und nahm ihr Gewicht von ihrem linken Fuß, da könnte sie doch einfach mal vorbeigehen und wegen der Dachrinne mit ihnen reden.

»Jetzt nimm das Gewicht von deinem rechten Fuß.«

»Ich kann nicht.«

»Versuch's.«

Sie hatte die Dachrinne aus diesem Winkel noch nie gesehen, und es schien ihr jetzt, als könnte der Dreck und das Gemülle da oben ebensogut ein Vogelnest sein. Wenn sie sich nur ein bißchen nach vorn beugte und das Gewicht von ihrem rechten Fuß nähme, könnte sie es wahrscheinlich noch deutlicher sehen.

Arthur sah mit Schrecken, daß jemand unten in der Gasse versuchte, ihr Fahrrad zu stehlen. Er hatte vor allen Dingen keine Lust, sich in diesem Moment auf einen Streit einzulassen, und hoffte nur, der Kerl täte es in aller Ruhe und gucke nicht nach oben.

Der hatte den ruhigen, durchtriebenen Blick von jemandem, der gewohnheitsmäßig Fahrräder in Gassen klaut und gewohnheitsmäßig nicht erwartet, daß deren Besitzer ein paar Meter darüber schweben. Er war aufgrund dieser beiden Gewohnheiten vollkommen ruhig und ging mit Zielstrebigkeit und Konzentration ans Werk, und als er entdeckte, daß das Rad unbestreitbar mit einer Kette aus Wolframstahl an einen in Beton gebetteten Eisenstab festgeschlossen war, verbog er in aller Ruhe beide Räder und trollte sich.

Arthur stieß den lange angehaltenen Atem aus.

»Guck mal, was für eine hübsche Eierschalenscherbe ich für dich gefunden habe«, sagte ihm Fenchurch ins Ohr.

25

Diejenigen, die regelmäßig das Tun und Treiben Arthur Dents verfolgen, werden vielleicht von seinem Charakter und seinen Gewohnheiten einen Eindruck erhalten haben, der, obwohl er die Wahrheit und natürlich nichts als die Wahrheit enthält, in seiner Gesamtheit nicht ganz an die volle Wahrheit in allen ihren großartigen Aspekten heranreicht.

Und die Gründe dafür liegen auf der Hand: das Redigieren und Auswählen, die Notwendigkeit, alles, was interessant ist, gegen das, was wichtig ist, abzuwägen, und alle langweiligen Ereignisse wegzulassen.

Wie zum Beispiel dieses: »Arthur Dent ging zu Bett. Er ging die Treppe hinauf, alle fünfzehn Stufen, öffnete die Tür, ging in sein Zimmer, zog sich Schuhe und Socken und nach und nach alle seine Kleider aus und ließ sie in einem säuberlich zerknüllten Häufchen auf dem Boden liegen. Er zog sich den Schlafanzug an, den blauen mit den Streifen. Er wusch sich Gesicht und Hände, putzte sich die Zähne, ging auf die Toilette, bemerkte, daß er schon wieder alles in der falschen Reihenfolge gemacht hatte, mußte sich nochmal die Hände waschen und ging ins Bett. Er las noch fünfzehn Minuten, wobei er die ersten zehn Minuten mit dem Versuch zubrachte, dahinterzukommen, bis zu welcher Stelle er am Abend davor gekommen war, dann knipste er das Licht aus und war in etwa einer Minute eingeschlafen.

Es war dunkel. Er lag eine gute Stunde lang auf seiner linken Seite.

Danach bewegte er sich einen Moment lang unruhig im Schlaf,

dann drehte er sich auf seine rechte Seite. Eine weitere Stunde danach zuckten kurz seine Augen, dann kratzte er sich leicht an der Nase, trotzdem dauerte es noch gut zwanzig Minuten, ehe er sich wieder auf seine linke Seite drehte. Und so verbrachte er schlafend die Nacht.

Um vier stand er auf und ging auf die Toilette. Er öffnete die Tür zum Klo . . .« und so weiter.

Das ist doch Quatsch. Es treibt die Handlung nicht voran. Es kommen dabei hübsch dicke Bücher raus, mit denen zum Beispiel der amerikanische Markt unheimlich viel Kohle macht, aber es bringt einen wirklich nicht weiter. Man will's, in einem Wort, nicht wissen.

Aber es gibt noch andere Auslassungen, vom Zähneputzen und der Variante, daß Arthur versucht, saubere Socken zu finden, mal abgesehen, und an einigen davon sind die Leute anscheinend oftmals übermäßig interessiert.

Was, wollen sie zum Beispiel wissen, ist mit dem ganzen geheimnisvollen Getue um Arthur und Trillian? Ist es da jemals zu was gekommen?

Worauf die Antwort natürlich ist: Kümmern Sie sich um Ihre eigenen Angelegenheiten.

Und was, sagen sie, führte er in all den Nächten auf dem Planeten Krikkit im Schilde? Bloß weil es auf dem Planeten nicht fuolornisische Feuerdrachen oder Dire Straits gab, heißt es ja noch lange nicht, daß jedermann am Abend bloß wach blieb, um zu lesen.

Oder um ein konkreteres Beispiel zu nehmen: Wie steht's mit der Nacht nach der Ausschußsitzung auf der prähistorischen Erde, als Arthur auf einem Hügel saß und den Mond betrachtete, der über den sacht vor sich hinbrennenden Bäumen aufging? Denn Arthur saß dort neben einem hübschen jungen Mädchen namens Mella, das vor kurzem ihrem Schicksal entflohen war, im Graphikbüro einer Werbeagentur auf dem Planeten Golgafrincham jeden Morgen auf hundert fast identische Fotos von dramatisch ausgeleuchteten Zahnpastatuben zu starren.

Und? Was passierte dann? Und die Antwort lautet natürlich, daß das Buch zu Ende war.

Der nächste Band nahm die Geschichte erst fünf Jahre später wieder auf, und man kann, reklamieren einige, es mit der Diskretion wirklich zu weit treiben. »Dieser Arthur Dent«, kommt der Schrei aus den entlegensten Gegenden der Galaxis, der jetzt sogar als Inschrift auf einer mysteriösen Raumsonde entdeckt wurde, die von einer fremden Galaxis stammen soll, die so weit weg ist, daß es zu grauenhaft wäre, darüber nachzudenken, »was ist er, ein Mensch oder eine Maus? Ist er denn an nichts weiter als an Tee und den umfassenderen Problemen des Lebens interessiert? Hat er keinen Mumm? Hat er keine Leidenschaft? Hat er denn nie Lust, kurz gesagt, zu vögeln?«

Diejenigen, die das erfahren wollen, sollten weiterlesen. Andere sollten vielleicht gleich zum letzten Kapitel springen, das wirklich gut ist. Außerdem kommt Marvin drin vor.

26

Arthur Dent gestattete sich, während sie aufwärts schwebten, einen verabscheuenswürdigen Augenblick lang zu denken, daß er doch sehr hoffe, seine Freunde, die ihn immer für liebenswert aber fade oder in neuerer Zeit für merkwürdig aber fade gehalten hatten, amüsierten sich nach Kräften in dem Pub, doch war das für eine Zeitlang das letzte Mal, daß er an sie dachte.

Sie schwebten aufwärts, wobei sie langsam umeinander trudelten wie Ahornsamen, die im Herbst von den Ahornbäumen fallen, nur daß es in die andere Richtung ging.

Und während sie aufwärts schwebten, sangen ihre Seelen angesichts der ekstatischen Erkenntnis, daß alles, was sie taten, entweder vollkommen und absolut und total unmöglich sei, oder daß die Physik jede Menge nachzuholen habe.

Die Physik schüttelte ihr Haupt und konzentrierte sich mit dem Blick in die andere Richtung darauf, daß die Autos weiterhin die Euston Road entlang und in Richtung Westway-Überführung fuhren, daß die Straßenlaternen leuchteten und daß, wenn jemand auf der Baker Street einen Cheeseburger fallen ließ, er auf den Boden klatschte.

Unter ihnen schrumpften jäh die Perlenketten der Lichter Londons – London, mußte Arthur sich immer wieder ins Gedächtnis rufen, nicht die seltsam bunten Felder Krikkits an den weit entfernten Rändern der Galaxis, deren leuchtende Tupfen den sich öffnenden Himmel über ihnen überzogen, sondern Londons – und wiegten sich im Wiegen und kreisten im Kreisen.

»Probier mal einen Sturzflug«, rief er Fenchurch zu.

»Was?«

Ihre Stimme hörte sich seltsam klar, doch entfernt an in der ganzen unermeßlichen leeren Luft. Sie hörte sich hauchig und schwach vor lauter Zweifeln an – all das: klar, schwach, fern, hauchig – alles gleichzeitig.

»Wir fliegen . . .«, sagte sie.

»Ein Kinderspiel«, rief Arthur, »denk nicht darüber nach. Probier einen Sturzflug.«

»Einen Stu . . .«

Ihre Hand griff nach seiner, und einen Augenblick später griff auch ihr Gewicht nach ihr, und zu seiner Verwirrung fiel sie weiter und trudelte unter ihm dahin, während sie sich verzweifelt an gar nichts krallte.

Die Physik warf einen schnellen Blick auf Arthur, und vor Schreck erstarrt stürzte auch er, elend vom schwindligen Fallen, während alles an ihm schrie, bis auf seine Stimme.

Sie stürzten ab, weil das hier London war und man hier sowas wirklich nicht machen durfte.

Er konnte sie nicht packen, weil das hier London war, und keine Million Meilen von hier, siebenhundertsechsundfünfzig, um genau zu sein, in Pisa, hatte Galilei klar bewiesen, daß zwei fallende Körper mit genau derselben Beschleunigung fallen, ohne Rücksicht auf ihr jeweiliges Gewicht.

Sie fielen.

Arthur wurde schwindlig und elend klar, während er fiel, daß, wenn er am Himmel herumhinge und alles glaubte, was die Italiener über Physik zu sagen hätten, wo sie doch noch nicht mal einen simplen Turm in der Senkrechten halten konnten, sie wirklich in Todesgefahr schwebten, und fiel tatsächlich verdammt nochmal eine ganze Ecke schneller als Fenchurch.

Er packte sie von oben und tastete nach einem festen Halt an ihren Schultern. Und fand ihn.

Gut. Sie fielen nun gemeinsam, was ja alles in allem ganz entzückend und romantisch war, aber das Grundproblem nicht löste, das darin bestand, daß sie fielen, und der Erdboden wartete nicht ab, ob Arthur noch irgendwelche cleveren Tricks im Ärmel hätte, sondern kam ihnen entgegengesaust wie ein D-Zug.

Er konnte ihr Gewicht nicht halten, er hatte nichts, womit oder wogegen er es abstützen konnte. Das einzige, was er denken konnte, war, daß sie nun wohl sterben müßten, und wenn er wollte, daß was anderes passiere als das Offensichtliche, dann müsse er was anderes tun als das Offensichtliche. Hier, fühlte er, war er auf vertrautem Gebiet.

Er ließ sie los und stieß sie von sich weg, und als sie ihm sprachlos vor Entsetzen das Gesicht zuwandte, hakte er seinen kleinen Finger an ihren kleinen Finger, schwenkte sie wieder nach oben und purzelte linkisch hinter ihr her.

»Mist«, sagte sie, während sie keuchend und atemlos auf absolut gar nichts saß, und als sie sich etwas verpustet hatte, entflohen sie aufwärts in die Nacht.

Genau unter der Wolkengrenze machten sie eine Pause und guckten nach, wohin sie unmöglicherweise gekommen waren. Der Erdboden war etwas, was man nicht mit einem allzu sicheren und standhaften Auge betrachten, sondern sozusagen nur im Fluge flüchtig mit dem Blick streifen durfte.

Fenchurch probierte tapfer ein paar kleine Sturzflüge und stellte fest, wenn sie sich genau im richtigen Winkel gegen eine Windbö warf, dann brachte sie wirklich ein paar ganz fabelhafte Dinger mit einer kleinen Pirouette am Schluß zustande, auf die ein kleiner Plumps folgte, der ihr das Kleid über den Kopf wirbelte, und das ist die Stelle, an der die Leser, die spitz darauf sind zu erfahren, was Marvin und Ford Prefect die ganze Zeit getrieben haben, zu späteren Kapiteln weiterblättern sollten, denn Arthur konnte nun nicht mehr länger an sich halten und half ihr aus dem Kleid.

Es schwebte, vom Wind gebeutelt, nach unten, bis es nur noch ein Fleck war, der schließlich verschwand, aber aus verschiedenen komplizierten Gründen brachte es das Leben einer Familie in Hounslow total in Aufruhr, über deren Wäscheleine hängend es am Morgen gefunden wurde.

In stummer Umarmung schwebten sie aufwärts, bis sie zwischen den dunstigen Nässeschleiern schwammen, die man um die Flügel von Flugzeugen zerstieben sieht, aber nie fühlen kann, weil man warm und trocken im Innern des stickigen Flugzeugs sitzt und durch das kleine verkratzte Plexiglasfenster guckt, während der Sohn von irgendwelchen Leuten beharrlich versucht, einem warme Milch ins Hemd zu gießen.

Arthur und Fenchurch konnten sie fühlen, wie sie strähnig, kalt und dünn ihre Körper umhüllten, sehr kalt, sehr dünn. Sie hatten das Gefühl (selbst Fenchurch, die nun gegen die Elemente nur noch durch zwei klitzekleine Wäschestücke der Firma Marks & Spencer geschützt war), wenn sie sich von der Schwerkraft nicht beeindrucken ließen, dann konnte das bißchen Kälte oder die dünne Atmosphäre ihnen den Buckel runterrutschen.

Die beiden klitzekleinen Wäschestücke von Marks & Spencer, die Arthur, als Fenchurch nun in die neblige Wolkenmasse hinaufschwebte, ihr sehr, sehr langsam auszog, was die einzig mögliche Art und Weise ist, wie man's tun kann, wenn man fliegt und obendrein nicht die Hände benutzt, richteten am Morgen einen beträchtlichen Schaden an, und zwar, wenn man von oben nach unten zählt, in Isleworth beziehungsweise Richmond.

Sie waren lange in der Wolke, denn die türmte sich sehr hoch, und als sie schließlich pudelnaß über ihr zum Vorschein kamen, wobei Fenchurch sich langsam um sich drehte wie ein Seestern, den die steigende Flut erfaßt hat, stellten sie fest, daß eigentlich nur über den Wolken die Nacht wirklich mondhell ist.

Das Licht ist dunkelleuchtend. Es gibt verschiedene Gebirge dort oben, aber es sind Gebirge mit ihren eigenen weißen arktischen Schneemassen.

Sie waren an der Spitze des hochgetürmten Cumulonimbus aufgetaucht und machten sich nun daran, an dessen Kontur träge herunterzurutschen, während Fenchurch ihrerseits Arthur von seinen Kleidern befreite, aus ihnen herauspulte, bis sie alle weg waren und sich trudelnd auf ihren überraschenden Weg hinunter in die alles verhüllende weiße Masse machten.

Sie küßte ihn, küßte seinen Hals, seine Brust, und bald schwebten sie, sich langsam drehend, in einer Art stummer T-Form weiter, was selbst einen fuolornisischen Feuerdrachen, wäre einer mit Pizza vollgefressen vorbeigeflogen, dazu veranlaßt hätte, die Flügel baumeln zu lassen und ein bißchen zu hüsteln.

Aber es gab keine fuolornisischen Feuerdrachen in den Wolken, und es konnte auch gar keine geben, denn wie die Dinosaurier, die Dodos und der Große Gepocherte Wintwock auf Stegbartel Maior im Sternbild des Fraz und ganz im Gegensatz zur Boeing 747, die es im Überfluß gibt, sind sie traurigerweise ausgestorben, und das Universum wird nie wieder ihresgleichen sehen.

Der Grund, warum in der obigen Liste recht unerwartet eine Boeing 747 aufkreuzt, ist nicht völlig isoliert von dem Umstand zu betrachten, daß sich etwas ganz Ähnliches einen oder zwei Augenblicke später im Leben von Arthur und Fenchurch ereignete.

Sie sind riesige, wahnsinnig riesige Dinger. Das merkt man, wenn man neben einer in der Luft ist. Man fühlt den donnernden

Aufprall der Luft, die rasende Wand aus heulendem Wind, die einen zur Seite wirft, wenn man so dusselig ist, weit weg davon sowas zu machen, was Arthur und Fenchurch in allernächster Nähe wie Schmetterlinge im Luftkrieg trieben.

Diesmal aber entstand ein verzweifeltes Mut-verlieren oder Mut-sinken-lassen, ein neues Mut-fassen wenige Augenblicke später und eine herrliche neue Idee, die sich durch einen Bums enthusiastisch mitteilte.

Mrs. E. Kapelsen aus Boston, Massachusetts, war eine ältere Dame, ja sie hatte das Gefühl, ihr Leben nähere sich bald seinem Ende. Sie hatte viel davon gesehen, war durch einiges in Erstaunen versetzt worden, aber, so stellte sie zu diesem späten Zeitpunkt ein bißchen beklommen fest, von allzu vielem gelangweilt worden. Es war alles sehr angenehm gewesen, aber vielleicht ein bißchen zu leicht zu erklären, ein bißchen zu sehr routinemäßiger Trott.

Mit einem Seufzer ließ sie das kleine Plastikrollo hochschnappen und sah über die Tragfläche nach draußen.

Zuerst dachte sie, sie sollte eigentlich die Stewardeß rufen, aber dann dachte sie: nein, verdammt nochmal, ganz entschieden nein, das hier war für sie, für sie ganz allein da.

Als die beiden für sie völlig unerklärlichen Leute schließlich wieder von der Tragfläche herunterrutschten und in den Düsenstrahl hineinpurzelten, war ihr sehr viel fröhlicher zumute.

Vor allem war sie ungeheuer erleichtert darüber, daß praktisch alles, was man ihr erzählt hatte, falsch war.

Am Morgen darauf schliefen Arthur und Fenchurch sehr lange in dem Haus in der kleinen Gasse, trotz des unablässigen Gejammers von Möbeln, die restauriert wurden.

In der folgenden Nacht machten sie das Ganze nochmal, nur diesmal mit Sony Walkmen.

27

»Dies alles ist ja sehr schön«, sagte Fenchurch ein paar Tage später, »aber ich muß wissen, was mit mir passiert ist. Denn, verstehst du, es gibt diesen Unterschied zwischen uns: Du hast etwas verloren und wiedergefunden, und ich habe etwas gefunden und wieder verloren. Ich muß es aber unter allen Umständen wiederfinden.«

Sie hatte den Tag über Besorgungen zu machen, und so überließ Arthur sich den ganzen Tag dem Telefonieren.

Murray Bost Henson war Journalist bei einer der Zeitungen mit kleinem Format und riesigen Buchstaben. Erfreulich wäre, wenn man sagen könnte, daß er dabei nicht schlecht fuhr, aber leider war das nicht der Fall. Er war zufällig der einzige Journalist, den Arthur kannte, und so rief Arthur ihn wohl oder übel an.

»Arthur, mein alter Suppenlöffel, meine alte Silberterrine, wie über die Maßen erstaunlich, von dir zu hören. Irgend jemand hat mir gesagt, du hättest dich in den Weltraum verzogen oder sowas.«

Murray hatte seine eigene spezielle Umgangssprache, die er sich zu seinem eigenen Gebrauch zurechtgelegt hatte und die niemand sonst sprechen, geschweige denn verstehen konnte. Wahrscheinlich bedeutete vieles an ihr überhaupt nichts. Die Worte, die wirklich was bedeuteten, waren oft so großartig versteckt, daß sie nie jemand mitbekam, wenn sie in der Unsinnslawine vorbeirauschten. Der Moment, wenn man mitkriegte, nämlich später, welche Worte was bedeutet hatten, war oft für alle Beteiligten ein schlechter Moment.

»Was?« sagte Arthur.

»Bloß ein Gerücht, mein alter Elefantenzahn, mein kleiner grüner Filz-Spieltisch, bloß ein Gerücht. Bedeutet wahrscheinlich überhaupt nichts, aber ich könnte vielleicht 'n paar Sätze von dir gebrauchen.«

»Nichts zu sagen, bloß Kneipengerede.«

»Das ist unser Geschäft, mein altes Lederbein, das ist unser Geschäft. Und es würde wie 'n Dingsbums in eine von den andern Sachen mit den andern Stories der Woche reinpassen, also wäre mir schon gedient, wenn du's einfach dementieren würdest. Entschuldige, mir ist eben was aus'm Ohr gefallen.«

Es entstand eine kleine Pause, an deren Ende Murray, als er wieder an der Strippe war, sich aufrichtig erschüttert anhörte.

»Mir fiel bloß eben ein«, sagte er, »was für 'n komischen Abend ich gestern erlebt habe. Na egal, mein Alter, ich sag dir nicht womit. Wie fühlst du dich, nachdem du auf dem Halleyschen Kometen geritten bist?«

»Ich bin«, sagte Arthur mit einem unterdrückten Seufzer, »nicht auf dem Halleyschen Kometen geritten.«

»Okay. Wie fühlst du dich, nachdem du nicht auf dem Halleyschen Kometen geritten bist?«

»Herrlich ausgeruht, Murray.«

Es entstand eine Pause, während der Murray das aufschrieb.

»Reicht mir vollkommen, Arthur, reicht mir und Ethel und den Kindern vollkommen. Paßt genau in den allgemeinen Irrsinn der Woche. Woche der Wirrköpfe wollen wir sie nennen. Gut, was?«

»Sehr gut.«

»Klingt fabelhaft. Zuerst haben wir diesen Mann, auf den's immer regnet.«

»Was?«

»Das ist die absolute Superoberwahrheit. Alles verzeichnet in seinem kleinen schwarzen Buch, es stellt alles auf jedem x-beliebigen spaßliebenden Level in den Schatten. Das Wetteramt gerät manisch kopflos aus dem Häuschen, und komische Männchen in weißen Mänteln kommen aus der ganzen Welt mit ihren kleinen Rechenschiebern und Kästchen und Zwangsernährungsapparaten angeflogen. Dieser Mann ist einfach das Knie der Biene, Arthur, er ist der Nippel der Wespe. Er ist, ich könnte so weit gehen und sagen, die ganze Garnitur erogener Zonen aller wichtigen Fluginsekten der westlichen Welt. Wir nennen ihn den Regengott. Hübsch, nicht?«

»Ich glaube, ich bin ihm mal begegnet.«

»Klingt doch prächtig. Was hast du gesagt?«

»Ich bin ihm vielleicht mal begegnet. Jammert ununterbrochen, ja?«

»Unglaublich! Du hast den Regengott gesehen?«

»Wenn's derselbe Typ ist. Ich hab ihm gesagt, er sollte aufhören zu jammern und jemandem sein Buch zeigen.«

An Murray Bost Hensons Ende der Leitung entstand eine beeindruckte Pause.

»Mann, du hast ja 'ne Wucht getan. Eine absolute Wucht ist ja echt von dir getan worden. Hör mal, weißt du, wieviel ein Reiseunternehmer dem Kerl bezahlt, damit er dieses Jahr nicht nach Malaga fährt? Ich meine, vergiß die ganze Bewässerung der Sahara und so 'n langweiliges Zeug wie dieses, der Kerl hat 'ne völlig neue *Karriere* vor sich, indem er einfach für Geld Gegenden meidet. Der Mann wird zu einem Monster, Arthur, wir sollten ihn vielleicht sogar unser Bingo gewinnen lassen.

Hör mal zu, vielleicht bringen wir 'n Aufmacher über dich, Arthur, ›Der Mann, der den Regengott zum Regnen brachte.‹ Klingt gut, eh?«

»Hübsch, aber . . .«

»Wir werden dich vielleicht unter einem Rasensprenger fotografieren müssen, aber das geht okay. Wo bist du?«

»Äh, ich bin in Islington. Hör zu, Murray . . .«

»Islington!«

»Ja . . .«

»Mann, was sagst du zu dem *wirklichen* Irrsinn der Woche, dieser echt übergeschnappten Story. Weißt du irgendwas über diese fliegenden Leute?«

»Nein.«

»Das mußt du aber. Das ist echt brodelnd irre. Das ist das wahre Ei in der Suppe. Leute aus Islington rufen alle Nase lang an und erzählen uns, es gibt da 'n Paar, das nachts fliegen geht. Die Typen in unserm Fotolabor arbeiten alle Nächte durch, um 'n echtes Foto zustandezubringen. Du mußt davon gehört haben.«

»Nein.«

»Arthur, wo bist du gewesen? Ah ja, Weltraum, richtig, ich hab dein Statement. Aber das ist doch Monate her. Hör zu, Nacht für Nacht in dieser Woche, meine alte Käsereibe, genau in deinem Nest. Dieses Pärchen fliegt einfach am Himmel rum und macht alle möglichen komischen Sachen. Und ich meine nicht, daß sie durch Wände gucken oder so tun, als wären sie Hängebrücken. Du weißt wirklich nichts?«

»Nein.«

»Arthur, die Unterhaltung mit dir war geradezu unaussprechlich köstlich, tschumbum, aber ich muß weg. Ich schick dir den Typ mit der Kamera und dem Wasserschlauch. Gib mir deine Adresse, ich bin ganz Ohr und Schreibe.«

»Hör mal, Murray, ich habe dich angerufen, weil ich dich was fragen wollte.«

»Ich habe zu tun.«

»Ich wollte bloß was über die Delphine herausbekommen.«

»Keine Story. Schnee vom letzten Jahr. Kannste vergessen. Sie sind weg.«

»Es ist wichtig.«

»Hör zu, niemand wird sich damit befassen. Man erträgt keine Story, verstehst du, deren einzige Mitteilung die fortdauernde Abwesenheit von was auch immer ist, wovon die Story handelt. Ist auch sowieso nicht unser Bier, versuch's bei den Sonntagszeitungen. Mag sein, daß sie in ein paar Jahren so um den August rum eine kleine ›Was geschah mit »Was geschah mit den Delphinen«‹-Story bringen. Aber was soll heute jemand damit machen? ›Delphine immer noch weg‹? ›Abwesenheit der Delphine zieht sich hin‹? ›Delphine – weitere Tage ohne sie‹? Die Story nippelt ab,

Arthur. Sie liegt darnieder und streckt ihre kleinen Füßchen in die Luft und steigt bald hinauf zum großen goldenen Nagel am Himmel und hängt sich dran, mein alter Flughund.«

»Murray, mich interessiert nicht, ob das eine Story ist. Ich möchte lediglich rauskriegen, wie ich an den Burschen in Kalifornien rankomme, der behauptet, darüber was zu wissen. Ich dachte, du wüßtest das vielleicht.«

28

»Die Leute fangen an zu reden«, sagte Fenchurch am Abend, nachdem sie ihr Cello reingehievt hatten.

»Nicht bloß zu reden«, sagte Arthur, »auch zu drucken, und zwar in großen dicken Buchstaben gleich unter den Bingo-Zahlen. Darum dachte ich, ich hole am besten das hier.«

Er zeigte ihr die langen schmalen Flugticket-Heftchen.

»Arthur!« sagte sie und umarmte ihn. »Heißt das, dir ist es gelungen, mit ihm zu reden?«

»Ich habe«, sagte Arthur, »einen Tag extremen Telefonkonsums hinter mir. Ich habe praktisch mit jeder Abteilung praktisch jeder Zeitung in der Fleet Street telefoniert und schließlich seine Nummer rausgekriegt.«

»Du hast offensichtlich schwer gearbeitet, du bist ja völlig schweißgebadet, mein armer Schatz.«

»Das ist kein Schweiß«, sagte Arthur abgekämpft. »Eben war ein Fotograf hier. Ich versuchte, ihm das auszureden, aber . . . Lassen wir das, die Antwort lautet ja.«

»Du hast mit ihm gesprochen.«

»Ich habe mit seiner Frau gesprochen. Sie sagte, er wäre im Augenblick zu sonderbar, um ans Telefon zu kommen, und ob ich nochmal anrufen könnte.« Er setzte sich müde, merkte, daß ihm was fehlte, und ging an den Kühlschrank, um danach zu suchen.

»Möchtest du 'n Drink?«

»Ich könnte einen Mord dafür begehen. Ich weiß schon immer, mir stehen harte Zeiten bevor, wenn mein Cellolehrer mich von oben bis unten mustert und sagt: ›Ah ja, meine Teure, ich glaube, heute ein bißchen Tschaikowsky.‹«

»Ich rief wieder an«, sagte Arthur, »und sie sagte, er wäre 3,2 Lichtjahre vom Telefon entfernt, und ich sollte nochmal anrufen.«

»Aha.«

»Ich rief wieder an. Sie sagte, die Lage habe sich verbessert. Er sei jetzt bloß noch 2,6 Lichtjahre vom Telefon weg, aber zum Rufen wär's immer noch ziemlich weit.«

»Meinst du nicht«, fragte Fenchurch skeptisch, »es gibt noch jemand anderen, mit dem wir reden können?«

»Da kämen wir vom Regen in die Traufe«, sagte Arthur. »Ich habe mit jemandem bei einer wissenschaftlichen Zeitschrift gesprochen, der ihn sogar kennt und sagt, John Watson glaubt nicht nur, sondern hat den ihm oft von Engeln mit goldenen Bärten, grünen Flügeln und Dr.-Scholl-Sandalen diktierten absoluten Beweis dafür, daß die verbreitetste Blödsinnstheorie des Monats stimmt. Leuten, die die Stichhaltigkeit dieser Visionen bezweifeln, hält er triumphierend die fraglichen Holzsandalen vor die Nase, und weiter kommt man nicht.«

»Ich dachte nicht, daß es so schlimm wäre«, sagte Fenchurch ruhig. Sie spielte lustlos mit den Tickets.

»Ich habe Mrs. Watson nochmal angerufen«, sagte Arthur. »Sie heißt übrigens – du wirst das vielleicht wissen wollen – Arkanum Jill.«

»Ich verstehe.«

»Freut mich, daß du das tust. Ich dachte, du würdest vielleicht nichts von all dem glauben, deshalb habe ich, als ich sie diesmal anrief, den Anrufbeantworter genommen und das Gespräch aufgezeichnet.«

Er ging an den Apparat und fummelte eine Weile ungeduldig an allen Knöpfen rum, denn es war der, den die Zeitschrift *Welches?*

besonders empfohlen hat und der fast unmöglich zu bedienen ist, ohne daß man wahnsinnig wird.

»Hier ist es«, sagte er endlich und wischte sich den Schweiß von der Stirn.

Die Stimme war dünn und rauh von ihrer Reise zu einem geostationären Satelliten und zurück, aber sie war auch unheimlich ruhig und gelassen.

»Vielleicht sollte ich Ihnen erklären«, sagte Arkanum Jill Watsons Stimme, »daß das Telefon in einem Zimmer steht, in das er nie geht. Es befindet sich im Irrenhaus, verstehen Sie. Wonko der Verständige betritt das Irrenhaus nicht gern, und deshalb tut er's auch nicht. Ich meine, Sie sollten das wissen, denn es könnte Ihnen das Telefonieren ersparen. Wenn Sie ihn sehen wollen, läßt sich das leicht arrangieren. Sie brauchen nichts weiter zu tun als hereinzuspazieren. Er empfängt nur Leute außerhalb des Irrenhauses.«

Arthurs Stimme, so verblüfft wie nur möglich: »Entschuldigung, ich verstehe nicht. Wo ist denn das Irrenhaus?«

»*Wo* das Irrenhaus ist?« war wieder Arkanum Jill Watson zu hören. »Haben Sie jemals die Gebrauchsanweisung auf einem Päckchen Zahnstocher gelesen?«

Auf dem Tonband mußte Arthurs Stimme zugeben, daß er das noch nie getan habe.

»Das sollten Sie aber mal tun. Dann stellen Sie vielleicht fest, daß Ihnen alles ein bißchen klarer wird. Dann stellen Sie vielleicht fest, daß Sie einen Hinweis darauf erhalten, wo das Irrenhaus liegt. Vielen Dank.«

Die Leitung wurde unterbrochen. Arthur schaltete den Apparat ab. »Tja, ich meine, wir können das als Einladung betrachten«, sagte er achselzuckend. »Mir ist es Tatsache gelungen, von dem Burschen bei der wissenschaftlichen Zeitschrift die Adresse zu erfahren.«

Fenchurch blickte mit nachdenklichem Stirnrunzeln wieder zu ihm auf, dann sah sie wieder auf die Tickets.

»Meinst du, es lohnt den ganzen Aufwand?« fragte sie.

»Tja«, sagte Arthur, »das einzige, worin sich alle einig waren, mit denen ich gesprochen habe, abgesehen von der Tatsache, daß sie alle meinen, er ist vollkommen plemplem, ist, daß er mehr über Delphine weiß als jeder lebende Mensch.«

29

»Achtung, eine wichtige Durchsage. Das ist Flug Nummer 121 nach Los Angeles. Wenn in Ihren Reiseplänen Los Angeles heute nicht vorgesehen ist, dann wäre jetzt der geeignetste Moment, wieder auszusteigen.«

30

Sie mieteten sich in Los Angeles einen Wagen bei einer der Firmen, die Autos vermieten, die andere weggeworfen haben.

»Damit um Ecken zu kommen, ist ein bißchen schwierig«, sagte der Typ hinter seiner Sonnenbrille, als er ihnen die Schlüssel überreichte, »manchmal ist es simpler, man steigt einfach aus und sucht sich ein Auto, das in die andere Richtung fährt.«

Sie blieben für eine Nacht in einem Hotel am Sunset Boulevard, von dem ihnen jemand erzählt hatte, sie würden sich mit Freuden von ihm verwirren lassen.

»Jeder dort ist entweder Engländer oder merkwürdig oder beides. Sie haben Swimmingpools, an denen man englische Rockstars dabei beobachten kann, wie sie für die Fotografen *Language, Truth and Logic* lesen.«

Es stimmte. Sie sahen einen, und genau das tat er.

Der Garagenwächter hielt nicht viel von ihrem Wagen, aber das war in Ordnung, denn das taten sie auch nicht.

Spät abends fuhren sie den Mulholland Drive entlang durch die Hügel von Hollywood und hielten an, um die Aussicht über das blendende Meer schwankender Lichter zu genießen, das Los Angeles ist, und später hielten sie an, um die Aussicht über das blendende Meer schwankender Lichter zu genießen, das das San Fernando Valley ist. Sie waren sich einig, daß der Begriff »blenden« unmittelbar hinter dem Auge aufhörte, nichts weiter in ihnen berührte und sie von dem Schauspiel seltsam unbefriedigt zurückließ. Als dramatische Lichtermeere waren sie okay, aber Licht ist dazu da, irgendwas zu beleuchten, und nachdem sie durch das hindurchgefahren waren, was dieses besonders dramatische Lichtermeer beleuchtete, hielten sie nicht mehr viel davon.

Sie gingen spät zu Bett, schliefen unruhig und wachten mittags auf, als es schon blödsinnig heiß war.

Sie fuhren über die Autobahn nach Santa Monica hinaus, um einen ersten Blick auf den Pazifischen Ozean zu werfen, das Meer, an dem Wonko der Verständige alle Tage und ein Großteil der Nächte damit zubrachte, um auf es hinauszublicken.

»Mir haben Leute erzählt«, sagte Fenchurch, »sie hätten mal zwei alte Damen hier an dieser Küste belauscht, die dasselbe taten wie wir, nämlich zum ersten Mal im Leben auf den Pazifik blicken. Und nach einer langen Pause sagte eine zur anderen: ›Weißt du, er ist gar nicht so groß, wie ich gedacht habe.‹«

Ihre Stimmung hob sich allmählich, als sie in Malibu am Strand entlangspazierten und all die Millionäre in ihren schicken Badehütten sahen, wie sie sich gegenseitig sorgsam im Auge hatte, um den Reichtum eines jeden von ihnen zu kontrollieren.

Ihre Stimmung stieg weiter, als die Sonne an der westlichen Himmelsseite sank, und als sie wieder in ihrer Klapperkiste saßen und in den Sonnenuntergang hineinfuhren, vor den eine Stadt wie Los Angeles zu bauen niemandem mit einem bißchen Feingefühl auch nur im Traum eingefallen wäre, fühlten sie sich plötzlich und unlogischerweise glücklich und ließen sich nicht mal dadurch stören, daß das alte Autoradio nur zwei Sender empfing, und die gleichzeitig. Was sollte es, sie sendeten beide guten Rock 'n' Roll.

»Ich weiß, er wird uns helfen können«, sagte Fenchurch entschieden. »Ich weiß, das wird er. Wie war doch noch sein Name, mit dem er sich gern anreden läßt?«

»Wonko der Verständige.«

»Ich weiß, er wird uns helfen können.«

Arthur fragte sich, ob er das könne, und hoffte, er tue es, und Fenchurch könne das, was sie verloren hatte, hier wiederfinden, auf dieser Erde oder als was auch immer diese Erde sich herausstellen mochte.

Er hoffte, was er immerfort innig gehofft hatte seit damals, als sie am Ufer des Serpentine miteinander geredet hatten, nämlich daß er nicht gezwungen werde, sich an etwas zu erinnern, das er sehr bestimmt und bewußt in den entlegensten Winkeln seines Gedächtnisses vergraben hatte, wo es, wie er hoffte, langsam aufhören würde, an ihm zu nagen.

In Santa Barbara hielten sie an einem Fischrestaurant an, das wie ein umgebautes Lagerhaus aussah.

Fenchurch aß eine rote Meerbarbe und sagte, sie sei köstlich.

Arthur aß ein Schwertfisch-Steak und sagte, es mache ihn wütend.

Er packte eine vorbeigehende Kellnerin am Arm und fuhr sie an.

»Warum ist dieser Fisch so wahnsinnig gut?« fragte er wütend.

»Entschuldigen Sie bitte meinen Freund«, sagte Fenchurch zu der verdutzten Kellnerin, »ich glaube, er fühlt sich heute endlich mal glücklich.«

31

Wenn man zwei David Bowies nähme und den einen David Bowie oben auf den anderen David Bowie steckte, dann einen weiteren David Bowie am Ende jedes der beiden Arme des oberen der ersten beiden Davis Bowies befestigte und das Ganze in einen schmutzigen Bademantel wickelte, dann hätte man etwas, das nicht exakt wie John Watson aussähe, das aber die, die ihn kennen, unheimlich ähnlich finden würden.

Er war ellenlang und spindeldürr.

Wenn er auf seinem Klappstuhl saß und auf den Pazifik blickte, nicht länger mit sowas wie heftigem Argwohn, sondern eher mit einer friedlichen tiefen Niedergeschlagenheit, war es ein bißchen schwierig, genau festzustellen, wo der Klappstuhl aufhörte und wo John Watson anfing, und man hätte Bedenken gehabt, die Hand auf – sagen wir mal – seinen Unterarm zu legen, aus Angst, das ganze Gestell könnte plötzlich mit einem Klick zusammenklappen und einem den Daumen abquetschen.

Sein Lächeln aber, wenn er es auf einen richtete, war ziemlich bemerkenswert. Es schien aus allen Übeln zusammengesetzt zu sein, die das Leben einem antun kann, die aber, wenn er sie für kurze Zeit auf seinem Gesicht in eine ganz bestimmte Reihenfolge brachte, einem plötzlich das Gefühl gaben: »Oh. Na, dann ist ja alles gut.«

Wenn er sprach, war man froh, daß er das Lächeln, das einem dieses Gefühl gab, ziemlich oft gebrauchte.

»Oh ja«, sagte er, »sie kommen mich besuchen. Sie sitzen genau hier. Sie sitzen genau dort, wo Sie jetzt sitzen.« Er redete von den Engeln mit den goldenen Bärten und den grünen Flügeln und den Dr. Scholl-Sandalen.

»Sie essen Käsetortillas, die sie, wie sie sagen, dort nicht kriegen, wo sie herkommen. Sie nehmen jede Menge Koks und sind in vielerlei Dingen ganz wunderbar.«

»Tatsächlich?« sagte Arthur. »Sind sie das? Also, äh . . . wann ist denn das? Wann kommen sie?«

Er blickte ebenfalls auf den Pazifik hinaus. Dort rannten kleine Strandvögel an der Ufergrenze entlang, die offenbar das Problem hatten, daß sie sich ihr Futter im Sand suchen mußten, den eben eine Welle überspült hatte, aber es nicht ertrugen, nasse Füße zu kriegen. Um mit diesem Problem fertigzuwerden, liefen sie mit so sonderbaren Bewegungen herum, als hätte sie jemand sehr Gewitztes in der Schweiz konstruiert.

Fenchurch saß am Boden und zeichnete gedankenverloren mit dem Finger Muster in den Sand.

»Meistens am Wochenende«, sagte Wonko der Verständige, »auf kleinen Rollern. Das sind phantastische Apparate.« Er lächelte.

»Ah ja«, sagte Arthur, »ich verstehe.«

Ein leises Hüsteln von Fenchurch zog seine Aufmerksamkeit auf sie, und er wandte ihr den Blick zu. Sie hatte kleine Strichmännchen in den Sand geritzt, von denen zwei in den Wolken schwebten. Einen Moment lang dachte er, sie wolle ihn ein bißchen reizen, dann wurde ihm klar, daß sie ihn tadelte. »Wer sind wir schon«, schien sie zu sagen, »daß wir behaupten, er ist verrückt.«

Sein Haus war allerdings wirklich merkwürdig, und da es das erste war, worauf Fenchurch und Arthur gestoßen waren, wäre es vielleicht hilfreich zu wissen, wie es war.

Es war folgendermaßen:

Es war von innen nach außen gekrempelt.

Wirklich von innen nach außen, was hieß, daß sie auf dem Teppich parken mußten.

Entlang dessen, was man normalerweise die Außenmauer nennen würde, die in einem geschmackvollen Innenarchitekten-Rosa gestaltet war, standen Bücherregale, dazu zwei von diesen komischen dreibeinigen Tischen mit halbkreisförmigen Platten, die immer so dastehen, daß man meint, jemand hätte die Wand einfach genau durch sie hindurch gemauert, und an ihr hingen Bilder, die offenbar beruhigen sollten.

Wo es wirklich merkwürdig wurde, war das Dach.

Es faltete sich in sich selbst zurück wie etwas, das Maurits C. Escher, hätte er sich städtischen Alptraumnächten ergeben, was zu behaupten keinesfalls das Anliegen dieser Geschichte ist, obwohl es, wenn man sich seine Bilder ansieht, besonders das mit all den unangenehmen Treppen, manchmal schwerfällt, sich nicht zu wundern, sich erdacht haben könnte, nachdem er auf einer gestanden hatte, denn die kleinen Kronleuchter, die eigentlich hätten drinnen hängen müssen, waren draußen und standen nach oben.

Verwirrend.

Auf dem Schild über der Haustür stand »Heraus«, und danach hatten sie sich ängstlich gerichtet.

Drinnen war natürlich die Außenseite. Rohes Ziegelwerk, hübsch weiß verfugt, die Dachrinnen gut gepflegt, ein Gartenweg, ein paar Bäumchen, auf die einige Zimmer blickten.

Und die Innenwände bogen sich nach unten weg, falten sich zusammen und öffneten sich am Ende, wie um mit einem optischen Trick, der selbst Maurits C. Escher zum Stirnrunzeln und zu der Frage gedrängt hätte, wie man sowas macht, den ganzen Pazifischen Ozean zu umschließen.

»Hallo«, sagte John Watson, Wonko der Verständige.

Wunderbar, dachten sie im stillen, »hallo« ist etwas, dem wir gewachsen sind.

»Hallo«, sagten sie, und überraschenderweise war alles eitel Lächeln.

Eine ganze Zeitlang schien er merkwürdig abgeneigt zu sein, über die Delphine zu sprechen, wirkte sonderbar zerstreut, sagte immer: »Ich weiß nicht . . .«, wenn die Rede auf sie kam, und führte sie voller Stolz durch die Wunderlichkeiten seines Hauses.

»Auf eine ganz sonderbare Weise«, sagte er, »macht es mir

Freude, und es fügt niemandem einen Schaden zu«, fuhr er fort, »den nicht ein guter Optiker beheben könnte.«

Er gefiel ihnen. Er hatte eine offene, gewinnende Art und schien sich über sich lustig machen zu können, bevor das jemand anderer tat.

»Ihre Frau«, sagte Arthur und sah sich um, »erwähnte ein paar Zahnstocher.« Er sagte es mit einem gehetzten Blick, als hätte er Angst, sie könnte plötzlich hinter der Tür hervorspringen und sie nochmal erwähnen.

Wonko der Verständige lachte. Es war ein lockeres, ungezwungenes Lachen und hörte sich wie etwas an, das er schon oft benutzt hatte und womit er zufrieden war.

»Ah ja«, sagte er, »das hängt mit dem Tag zusammen, an dem mir endlich klar wurde, daß die Welt total verrückt geworden ist, und ich das Irrenhaus baute, um sie darin einzusperren, die Arme, und hoffte, sie würde sich wieder erholen.«

Das war der Moment, in dem Arthur wieder ein bißchen nervös zu werden begann.

»Hier«, sagte Wonko der Verständige, »sind wir außerhalb des Irrenhauses.« Er zeigte wieder auf das rohe Ziegelwerk, die weißen Fugen und die Dachrinnen. »Gehen Sie durch die Tür dort«, er zeigte auf die Tür, durch die sie eben reingekommen waren, »und Sie gelangen ins Irrenhaus. Ich habe versucht, es hübsch einzurichten, um die Insassen bei Laune zu halten, aber man kann nur sehr wenig tun. Ich selbst gehe jetzt nie mehr hinein. Sollte ich jemals in die Versuchung kommen, was jetzt selten geschieht, dann gucke ich einfach auf das Schild über der Tür und lasse es bleiben.«

»Das da?« fragte Fenchurch und zeigte ziemlich verdutzt auf eine blaue Platte, auf der ein paar Anweisungen standen.

»Ja. Das sind die Worte, die mich schließlich zu dem Eremiten machten, der ich heute bin. Es geschah ganz plötzlich. Ich sah sie und wußte, was ich zu tun hatte.«

Auf dem Schild stand:

Stäbchen nahe seiner Mitte packen. Spitzes Ende im Mund anfeuchten. In Zahnzwischenraum einführen, stumpfe Seite dicht am Zahnfleisch. Vorsichtig hin und her bewegen.

»Mir schien«, sagte Wonko der Verständige, »eine Zivilisation, die so weit den Verstand verloren hat, daß sie eine Reihe detaillierter Anweisungen nötig hat, um ein Päckchen Zahnstocher zu benutzen, ist keine Zivilisation, in der ich noch leben und bei Verstand bleiben kann.«

Er blickte wieder auf den Pazifik hinaus, als fordere er ihn auf, gegen ihn zu toben und zu rauschen, aber das Meer lag ruhig da und spielte mit den Strandvögeln.

»Und falls es Ihnen in den Sinn kommen sollte, sich das zu fragen, und ich sehe, es könnte möglicherweise geschehen, ich bin vollkommen bei Verstand. Deshalb nenne ich mich ja auch Wonko der Verständige, bloß um die Leute über diesen Punkt zu beruhigen. Wonko nannte mich meine Mutter, als ich ein Kind und ungeschickt war und alles umstieß, und bei Verstand, das bin ich, und wie«, setzte er mit diesem Lächeln hinzu, das einem das Gefühl gab: ›Oh. Na, dann ist ja alles gut.‹ »Ich habe vor, es zu bleiben. Wollen wir an den Strand gehen und mal gucken, worüber wir zu reden haben?«

Sie gingen hinaus an den Strand, wo er über die Engel mit den goldenen Bärten und den grünen Flügeln und den Dr. Scholl-Sandalen zu reden begann.

»Und die Delphine . . .«, sagte Fenchurch sanft, hoffnungsvoll.

»Ich kann Ihnen die Sandalen zeigen«, sagte Wonko.

»Ich bin neugierig, ob Sie wissen . . .«

»Wollen Sie, daß ich Ihnen«, sagte Wonko der Verständige, »die Sandalen zeige? Ich habe sie. Ich hole sie. Sie sind von der Firma Dr. Scholl hergestellt, und die Engel sagen, daß sie für das Gelände, auf dem sie arbeiten müssen, besonders geeignet sind. Sie sagen, sie haben einen Erfrischungskiosk neben der Botschaft. Wenn ich sage, ich weiß nicht, was das bedeutet, sagen sie nein, das weißt du nicht, und lachen. Na, ich hol sie trotzdem.«

Als er wieder nach drinnen ging oder nach draußen, je nachdem, wie man's betrachtet, sahen Fenchurch und Arthur sich fragend und leicht verzweifelt an, dann zuckten sie beide die Schultern und zeichneten gedankenverloren Männchen in den Sand.

»Wie sind heute deine Füße?« fragte Arthur ruhig.

»Okay. Im Sand fühlt sich's nicht so komisch an. Oder im Wasser. Das Wasser kommt völlig an sie ran. Ich glaube nur, das hier ist nicht unsere Welt.«

Sie zuckte die Achseln.

»Was meinte er deiner Ansicht nach«, sagte sie, »mit der Botschaft?«

»Ich weiß nicht«, sagte Arthur, obwohl die Erinnerung an einen Mann namens Prak, der ihn unablässig anlachte, ihn ständig quälte.

Als Wonko zurückkam, brachte er etwas mit, das Arthur verblüffte. Nicht die Sandalen, das waren ganz normale Holzsandalen.

»Ich dachte halt, Sie würden gern mal sehen«, sagte er, »was Engel an den Füßen tragen. Bloß aus Neugier. Ich versuche übrigens nicht, irgendwas zu beweisen. Ich bin Wissenschaftler und weiß, was einen Beweis ausmacht. Aber der Grund, weshalb ich meinen Kindernamen trage, ist, mich daran zu erinnern, daß ein Wissenschaftler auch durchaus wie ein Kind sein muß. Wenn er etwas sieht, muß er sagen, daß er's sieht, ob es das ist, was er zu sehen hoffte, oder nicht. Erst sehen, dann denken, am Ende analysieren. Aber immer erst sehen. Sonst sieht man nur, was man sehen wollte. Die meisten Wissenschaftler vergessen das. Ich werde Ihnen später etwas zeigen, um das zu beweisen. Und der andere Grund, weshalb ich mich Wonko der Verständige nenne, ist der, daß die Leute glauben, ich bin ein Narr. Das gibt mir die Möglichkeit zu sagen, was ich sehe, wenn ich es sehe. Man kann unmöglich Wissenschaftler sein, wenn es einem etwas ausmacht, daß die Leute denken, man sei ein Narr. Wie dem auch sei, ich dachte, Sie könnten vielleicht auch dies hier sehen wollen.«

Das war das Ding, das Arthur Wonko verblüfft hatte mitbringen sehen, denn es war ein wunderschönes, silbergraues Fischglas, das dem in Arthurs Schlafzimmer anscheinend aufs Haar glich.

Arthur hatte unterdessen ein paarunddreißig Sekunden lang ohne Erfolg »Wo haben Sie das her?« zu sagen versucht, scharf und mit einem Keuchen in der Stimme.

Schließlich war sein Augenblick gekommen, aber er verfehlte ihn um eine Millisekunde.

»Wo haben Sie das her?« fragte Fenchurch scharf und mit einem Keuchen in der Stimme.

Arthur sah Fenchurch scharf an und sagte mit einem Keuchen in der Stimme: »Was? Hast du sowas schon mal gesehen?«

»Ja«, sagte sie, »ich habe eins. Oder zumindest hatte ich's. Russell hat's mir geklaut, um seine Golfbälle reinzutun. Ich weiß nicht, wo es herkam, bloß daß ich über Russell sauer war, weil er's mir geklaut hat. Warum, hast du auch eins?«

»Ja, es war . . .«

Sie bemerkten beide, daß Wonko der Verständige rasch zwischen ihnen hin und her blickte und versuchte, von der Seite ein Keuchen einzuschieben.

»*Ihr* habt auch so eins?« sagte er zu beiden.

»Ja.« Sie sagten es beide.

Er sah jeden einzeln lange und ruhig an, dann hielt er das Glas in die Höhe, um das Licht der kalifornischen Sonne darin einzufangen.

Das Gefäß schien geradezu mit der Sonne zu singen, mit der Fülle ihres Lichts zu klingen und dunkelleuchtende Regenbogen über den Sand und sie auszuschütten. Er drehte es und drehte es, und sie konnten im feinen Flechtwerk seiner Gravierung ganz deutlich die Worte »Macht's gut und danke für den Fisch« lesen.

Sie schüttelten jeder langsam und verwundert den Kopf, geradezu hypnotisiert vom Glitzern der blitzschnellen Schattenbilder in dem grauen Glas.

»Es ist ein Abschiedsgeschenk der Delphine«, sagte Wonko mit leiser, ruhiger Stimme, »der Delphine, die ich liebte und studierte, mit denen ich schwamm und die ich mit Fischen fütterte, deren Sprache ich sogar zu lernen versuchte, eine Mühe, die sie mir offensichtlich unnötig schwer machten, angesichts der Tatsache, daß ich heute weiß, daß sie durchaus in der Lage waren, sich in unserer mitzuteilen, wenn sie es nur wollten.«

Er schüttelte den Kopf mit einem langsamen, langsamen Lächeln, dann sah er wieder Fenchurch an, dann Arthur.

»Hast du . . .?« sagte er zu Arthur. »Was hast du mit deinem gemacht? Darf ich dich das fragen?«

»Äh, ich habe einen Fisch reingesetzt«, sagte Arthur ein bißchen verlegen. »Ich hatte zufällig einen Fisch, überlegte, was ich damit tun sollte, und, äh, da hatte ich dieses Glas.« Er verstummte.

»Du hast nichts weiter getan? Nein«, sagte er, »sonst wüßtest du es.« Er schüttelte wieder den Kopf.

»Meine Frau bewahrte in unserem Weizenkeime auf«, fuhr Wonko mit einem neuen Ton in der Stimme fort, »bis gestern abend . . .«

»Was«, sagte Arthur langsam und tonlos, »passierte gestern abend?«

»Da waren die Weizenkeime alle«, sagte Wonko gleichmütig. »Meine Frau«, setzte er hinzu, »ist neue holen gegangen.« Er schien eine Weile seinen Gedanken nachzuhängen.

»Und was passierte dann?« fragte Fenchurch genauso atemlos.

»Ich wusch das Glas ab«, sagte Wonko. »Ich wusch es sehr sorgfältig, sehr sehr sorgfältig ab, entfernte jedes letzte kleine Weizenkeimkörnchen, dann trocknete ich es langsam mit einem fusselfreien Tuch ab, langsam und sorgfältig, und drehte es immerzu um und um. Dann hielt ich es mir ans Ohr. Habt ihr . . . habt ihr euch eures mal ans Ohr gehalten?«

Sie schüttelten beide den Kopf, wiederum langsam, wiederum stumm.

»Vielleicht«, sagte Wonko, »solltet ihr das mal tun.«

32

Das tiefe Brüllen des Ozeans.

Das Branden von Wellen an entlegeneren Gestaden, als Gedanken sie finden können.

Die lautlosen Donner der Tiefe.

Dazwischen rufende Stimmen und doch keine Stimmen, summendes Trillern, Wortfetzen, halb artikulierte Lieder aus Gedanken.

Grüße, Wellen aus Grüßen, die wieder ins Unartikulierte hinabgleiten, Worte, die ineinanderstürzen.

Eine Kaskade aus Gram an den Ufern der Erde.

Wellen der Freude an den Ufern – wo? Eine Welt, unglaublicherweise gefunden, unglaublicherweise erreicht, unglaublich naß, ein Lied aus Wasser.

Jetzt eine Fuge aus Stimmen, klagenden Erläuterungen, einer unabwendbaren Katastrophe, einer zu zerstörenden Welt, einer Woge aus Hilflosigkeit, einem Verzweiflungsanfall, einem verhallenden Sturz, und wieder das Branden von Worten.

Und dann das Aufbrechen von Hoffnung, das Finden einer Schattenerde in den Verflechtungen aus umfangener Zeit, versunkenen Dimensionen, die Spannung von Parallelen, die mächtige Spannung, der Flug des Willens, sein Sturz, seine Spaltung, die Flucht. Eine neue Erde als Ersatz, die Delphine verschwunden.

Dann verblüffenderweise eine einzelne Stimme, ganz deutlich.

»Dieses Glas wurde euch von der Kampagne zur Rettung der Menschheit geschenkt. Wir sagen euch Lebewohl.«

Und dann das Geräusch langer, schwerer, vollkommen grauer Leiber, die sich in eine unbekannte, unergründliche Tiefe hinabwälzen und still kichern.

33

An dem Abend blieben sie außerhalb des Irrenhauses und sahen sich die Fernsehmeldungen aus dem Inneren an.

»Ich wollte, daß ihr das seht«, sagte Wonko der Verständige, als es von neuem Nachrichten gab. »Ein alter Kollege von mir. Er ist drüben in eurem Land und führt eine Untersuchung durch. Schaut's euch mal an.«

Man sah eine Pressekonferenz.

»Ich fürchte, ich kann in diesem Moment keine Stellungnahme zu der Bezeichnung Regengott abgeben, und wir nennen ihn ein Beispiel für ein ›Spontanes parakausales meteorologisches Phänomen‹.«

»Können Sie uns sagen, was das bedeutet?«

»Ich bin nicht ganz sicher. Wir wollen mal ganz ehrlich sein. Wenn wir etwas finden, was wir nicht verstehen, geben wir ihm gern einen Namen, den ihr nicht verstehen oder auch nur aussprechen könnt. Ich meine, wenn wir euch einfach in der Gegend rumlaufen und ihn einen Regengott nennen lassen, dann legte das die Vermutung nahe, daß ihr etwas wißt, was wir nicht wissen, und das könnten wir leider nicht zulassen.

Nein, erst müssen wir ihm eine Bezeichnung geben, die zeigt, daß er uns und nicht euch gehört, dann machen wir uns an die Suche nach irgendeiner Möglichkeit zu beweisen, daß er nicht das ist, was ihr gesagt habt, sondern etwas, wovon wir behaupten, er ist es.

Und wenn sich rausstellt, daß ihr recht habt, dann habt ihr trotzdem unrecht, weil wir ihn dann einfach einen ... äh, ›Supernormalen ...‹ – nicht paranormalen oder supernatürlichen Fall nennen, denn ihr denkt, ihr wißt jetzt, was diese Begriffe bedeuten, nein, wir nennen ihn dann einen ›Supernormalen Differentialpräzipitationsinduktor‹. Vielleicht schieben wir noch irgendwo ein ›Quasi‹ ein, um uns selbst zu schützen. Regengott! Huh, in meinem ganzen Leben habe ich keinen solchen Unsinn gehört. Zugegeben, ihr würdet mich nicht dabei erwischen, daß ich mit ihm Ferien mache. Danke, das wäre für den Augenblick alles, es bleibt mir nur noch, Wonko ›Hi!‹ zuzurufen, falls er zuschaut.«

34

Auf der Heimreise saß im Flugzeug neben ihnen eine Frau, die sie ziemlich sonderbar ansah.

Sie sprachen leise miteinander.

»Ich möchte immer noch was wissen«, sagte Fenchurch, »und ich habe ganz stark das Gefühl, daß du etwas weißt, was du mir nicht erzählst.«

Arthur seufzte und zog ein Stück Papier aus der Tasche. »Hast du einen Bleistift?« fragte er. Sie kramte herum und fand einen.

»Was hast du vor, Liebling?« sagte sie, nachdem er zwanzig Minuten damit zugebracht hatte, die Stirn zu runzeln, am Bleistift zu kauen, auf dem Papier rumzukritzeln, Dinge wieder auszustreichen, wieder zu kritzeln, wieder am Bleistift zu kauen und nervös vor sich hinzugrunzen.

»Ich versuche, mich an eine Adresse zu erinnern, die mir mal jemand gegeben hat.«

»Du würdest dir dein Leben sehr viel einfacher machen«, sagte sie, »wenn du dir ein Adressenbuch zulegen würdest.«

Schließlich reichte er ihr das Stück Papier.

»Heb's bitte gut auf«, sagte er.

Sie sah es sich an. Zwischen all den Strichen und Kreuzen standen die Worte »Quentulus-Quazgar-Berge. Sevorbeupstry. Planet Preliumtarn. Sonne Zarss. Galaktischer Sektor QQ7 Aktiv J Gamma.«

»Und was ist dort?«

»Anscheinend«, sagte Arthur, »Gottes letzte Botschaft an seine Schöpfung.«

»Das hört sich ganz gut an«, sagte Fenchurch. »Wie kommen wir da hin?«

»Du willst wirklich . . .?«

»Ja«, sagte Fenchurch entschlossen, »ich will's wirklich wissen.«

Arthur blickte durch das verkratzte kleine Plexiglasfenster in den klaren Himmel draußen.

»Entschuldigen Sie«, sagte plötzlich die Frau, die sie die ganze Zeit ziemlich sonderbar angesehen hatte, »ich hoffe, Sie halten mich nicht für unhöflich. Ich langweile mich so auf diesen langen Flügen, daß ich's nett finde, mit jemandem zu reden. Mein Name ist Enid Kapelsen, ich bin aus Boston. Sagen Sie mal, fliegen Sie oft?«

35

Sie fuhren zu Arthurs Haus im West Country, stopften ein paar Handtücher und Sachen in eine Tasche und setzten sich hin, um das zu tun, womit jeder galaktische Tramper am Ende die meiste Zeit zubringt.

Sie warteten darauf, daß eine fliegende Untertasse vorbeikommt.

»'n Freund von mir hat das fünfzehn Jahre lang gemacht«, sagte Arthur eines Abends, als sie völlig verzweifelt dasaßen und den Himmel beobachteten.

»Wer war das?«

»Hieß Ford Prefect.«

Er ertappte sich dabei, daß er etwas tat, wovon er wirklich nicht erwartet hatte, daß er's jemals wieder täte.

Er fragte sich, wo Ford Prefect wohl wäre.

Durch einen außergewöhnlichen Zufall standen am folgenden Tag zwei Meldungen in der Zeitung, von denen die eine den höchst erstaunlichen Zwischenfall mit einer fliegenden Untertasse betraf und die andere eine Reihe häßlicher Krawalle in Kneipen.

Ford Prefect kreuzte den Tag danach auf, sah total verkatert aus und beklagte sich, daß Arthur nie ans Telefon ginge.

Er sah wirklich extrem mitgenommen aus, nicht bloß, als wäre er rückwärts durch eine Dornenhecke gezerrt worden, sondern als wäre die Hecke gleichzeitig rückwärts durch einen Mähdrescher gezerrt worden. Er kam in Arthurs Wohnzimmer geschwankt und winkte alle Hilfsangebote ab, was ein Fehler war, weil die Anstrengung des Winkens ihn vollkommen aus dem Gleichgewicht brachte und Arthur ihn erst mal zum Sofa schleifen mußte.

»Danke«, sagte Ford, »vielen Dank. Hast du . . .«, sagte er und sank für drei Stunden in Schlaf.

» . . . die leiseste Idee«, fuhr er plötzlich fort, als er wieder zu Bewußtsein kam, »wie schwierig es ist, sich von den Pleiaden aus ins britische Telefonsystem einzuschalten? Ich sehe schon, das weißt du nicht, deshalb werde ich's dir erzählen«, sagte er, »und zwar bei einer riesengroßen Kanne schwarzem Kaffee, die du mir gerade machen willst.«

Er folgte Arthur schwankend in die Küche.

»Diese dusseligen Fräuleins vom Amt fragen dich immer, woher du anrufst, und wenn du ihnen zu erzählen versuchst, aus Letchworth, dann sagen sie, das kann nicht sein, wenn du auf dieser Leitung reinkommst. Was machst du da?«

»Ich mache dir Kaffee.«

»Oh.« Ford wirkte merkwürdig enttäuscht. Er sah sich hilflos in der Küche um.

»Was ist das?« fragte er.

»Reis-Crispies.«

»Und das?«

»Paprika.«

»Ich verstehe«, sagte Ford ernst und stellte beides wieder hin, eins auf das andere, aber sie hielten sich nicht richtig im Gleichgewicht, deshalb stellte er das andere auf das eine, und das schien zu funktionieren.

»Ein bißchen weltraumbesoffen«, sagte er. »Was habe ich gerade gesagt?«

»Daß du nicht aus Letchworth telefonieren konntest.«

»Das habe ich ja auch nicht getan. Ich erklärte es der Tante so. ›Vergessen Sie Letchworth‹, sagte ich, ›wenn Sie sich so anstellen. In Wirklichkeit rufe ich aus einem Handelsforschungsschiff der Sirius Kybernetik-Corporation an, augenblicklich auf der Sub-Lichtgeschwindigkeits-Etappe einer Reise zwischen den Sternen, die Ihrem Planeten, wenn auch nicht unbedingt Ihnen, liebe Dame, bekannt sind als . . .‹ Ich sagte ›liebe Dame‹«, erklärte Ford Prefect, »weil ich sie mit meiner Meinung, daß sie eine ungebildete Idiotin sei, nicht beleidigen wollte . . .«

»Taktvoll«, sagte Arthur Dent.

»Genau«, sagte Ford, »taktvoll.«

Er zog die Stirn kraus. »Raumkrankheit«, sagte er, »ist sehr schlecht für Nebensätze. Du mußt mir nochmal helfen«, fuhr er fort, »und mich erinnern, was ich gerade gesagt habe.«

»›Zwischen den Sternen‹«, sagte Arthur, »›die Ihrem Planeten, wenn auch nicht unbedingt Ihnen, liebe Dame, bekannt sind als . . .‹«

»›Pleiades Epsilon und Pleiades Zeta‹«, schloß Ford triumphierend. »So rumzualbern, ist toll, was?«

»Trink ein bißchen Kaffee.«

»Danke, nein. ›Und der Grund‹, sagte ich, ›warum ich Ihnen damit auf den Wecker falle, anstatt direkt durchzuwählen, was ich könnte, weil wir eine ganz schön raffinierte Telekommunikationsanlage hier draußen auf den Pleiaden haben, kann ich Ihnen versichern, der ist, daß der knauserige Sternenhurensohn, der dieses sternenhurensohnsmäßige Sternenschiff steuert, darauf besteht, daß ich ein R-Gespräch führe. Können Sie dem folgen?‹«

»Und konnte sie's?«

»Weiß ich nicht. Sie hatte«, sagte Ford, »inzwischen aufgelegt. Tja! Was meinst du«, frage er hitzig, »was ich als nächstes tat?«

»Keine Ahnung, Ford«, sagte Arthur.

»Schade«, sagte Ford, »ich hatte gehofft, du bringst mich wieder darauf. Wirklich, ich hasse diese Typen. Sie sind wirklich der Abschaum des Kosmos, brummen in der himmlischen Unendlichkeit mit ihren schrottigen kleinen Maschinchen rum, die nie richtig funktionieren, oder wenn, Dinge verrichten, die kein Mensch mit allen Tassen im Schrank von ihnen verlangen würde, und«, setzte er grimmig hinzu, »dann machen sie piep, um einem mitzuteilen, daß sie sie verrichtet haben!«

Das stimmte vollkommen und war eine angesehene Meinung, die allgemein von rechtdenkenden Leuten vertreten wird, die vor allem als rechtdenkende Leute erkennbar sind durch die bloße Tatsache, daß sie diese Meinung vertreten.

Der Reiseführer *Per Anhalter durch die Galaxis* sagt in einem Moment geistiger Klarheit, der auf seinen gegenwärtig fünf Millionen neunhundertfünfundsiebzigtausendfünfhundertneun Seiten fast der einzige ist, von den Produkten der Sirius Kybernetik-Corporation, daß »es sehr leicht ist, sich durch die Genugtuung darüber, daß man sie überhaupt zum Funktionieren bringt, über ihre grundsätzliche Nutzlosigkeit hinwegtäuschen zu lassen.

Mit anderen Worten – und das ist das felsenfeste Prinzip, auf dem der ganze galaxisweite Erfolg der Sirius Corporation beruht – ihre grundsätzlichen Konstruktionsfehler werden durch ihre oberflächlichen Gestaltungsfehler vollkommen vertuscht.«

»Und dieser Kerl«, ereiferte sich Ford, »war unterwegs, um noch mehr von dem Zeug zu verkaufen! Sein Fünfjahresauftrag war es, fremde neue Planeten aufzusuchen und zu erkunden und an ihre Restaurants, Fahrstühle und Weinstuben ›Moderne Musikersatz-Systeme‹ zu verhökern! Oder wenn's dort noch keine Restaurants, Fahrstühle und Weinstuben gab, ihr Zivilisationswachstum künstlich zu beschleunigen, bis sie verdammt nochmal welche hätten! Wo bleibt denn der Kaffee?«

»Ich habe ihn weggegossen.«

»Mach mir neuen. Mir ist jetzt wieder eingefallen, was ich als nächstes tat. Ich rettete die Zivilisation, so wie wir sie kennen. Ich wußte, es war sowas.«

Er stolperte entschlossen ins Wohnzimmer zurück, wo er sich offenbar weiter damit beschäftigte, Selbstgespräche zu halten, über die Möbel zu fallen und piep-piep-piep zu machen.

Ein paar Minuten später kam Arthur nach, der sein überaus friedfertiges Gesicht aufgesetzt hatte.

Ford sah ihn verblüfft an. »Wo warst du denn?« fragte er.

»Ich habe Kaffee gemacht«, sagte Arthur, der immer noch sein überaus friedfertiges Gesicht machte. Vor langer Zeit war ihm klar geworden, die einzige Möglichkeit, sich in Fords Gesellschaft durchzusetzen, war, einen großen Vorrat an überaus friedfertigen Gesichtern zu haben und sie ständig aufzusetzen.

»Das allerbeste hast du verpaßt!« tobte Ford. »Du hast die Stelle verpaßt, wo ich den Kerl zur Sau gemacht habe! Jetzt«, sagte er, »muß ich nochmal über ihn herfallen und ihn zur Sau machen!«

Er warf sich rücksichtslos gegen einen Stuhl und zerbrach ihn.

»Voriges Mal«, sagte er verdrießlich, »war's besser«, und fuchtelte vage zu einem zweiten zerbrochenen Stuhl rüber, der auf den Eßtisch gestapelt war.

»Ich verstehe«, sagte Arthur und warf einen friedfertigen Blick auf die übereinandergestapelten Trümmer, »und, äh, wozu sind all die Eiswürfel da?«

»Was?« brüllte Ford. »Was? Die Stelle hast du auch verpaßt? Das ist die Scheintod-Rettungskammer! Ich habe den Kerl in die Scheintod-Rettungskammer gepackt. Naja, das mußte ich doch, oder?«

»Es scheint so«, sagte Arthur mit seiner friedfertigen Stimme.

»Faß das nicht an!!!« schrie Ford.

Arthur, der gerade den Telefonhörer wieder auflegen wollte, der aus irgendeinem mysteriösen Grund auf dem Tisch und nicht auf der Gabel lag, hielt friedfertig inne.

»Okay«, sagte Ford etwas ruhiger, »hör mal dran.«

Arthur hielt den Hörer an sein Ohr.

»Es ist die Zeitansage«, sagte er.

»Piep-piep-piep«, sagte Ford, »ist genau das, was man jetzt überall im Raumschiff von diesem Kerl hört, während er im Eis schläft und langsam um einen wenig bekannten Mond von Sesefras Magna kreist. Die Londoner Zeitansage!«

»Ich verstehe«, sagte Arthur wieder und beschloß, nun sei es an der Zeit, die Kernfrage zu stellen.

»Warum?« sagte er friedfertig.

»Mit einem bißchen Glück«, sagte Ford, »treibt die Telefonrechnung diese Arschlöcher in die Pleite.«

Er warf sich schwitzend auf das Sofa. »Jedenfalls«, sagte er, »'ne dramatische Ankunft, findest du nicht auch?«

36

Die fliegende Untertasse, in der Ford Prefect als blinder Passagier mitgeflogen war, versetzte die Welt in Staunen.

Endlich bestand kein Zweifel, war kein Irrtum möglich, gab es keine Halluzinationen, wurden keine mysteriösen CIA-Agenten in Stauseen treibend gefunden.

Diesmal war es echt, war es eindeutig. Es war ganz eindeutig eindeutig.

Sie hatte sich mit einer herrlichen Nichtachtung für alles unter sich herabgesenkt und ein weites Gebiet einiger der teuersten Immobilien der Welt zermalmt, darunter ein Großteil von Harrods.

Das Ding war mächtig groß, fast eine Meile im Durchmesser, behaupteten einige, matt silbern, verbeult, versengt und verunstaltet von den Narben ungezählter bösartiger Weltraumschlachten, die es mit brutalen Kräften im Licht von Sonnen ausgekämpft hatte, die dem Menschen unbekannt sind.

Eine Luke öffnete sich, krachte durch Harrods' Lebensmitteletage runter, machte Harvey Nicholls dem Erdboden gleich und kippte mit einem letzten knirschenden Kreischen mißhandelter Architektur den Sheraton Park Tower um.

Nach einem langen, herzzerreißenden Krachen und Rollen von berstenden Maschinen im Inneren kam ein riesenhafter silberner Roboter, an die dreißig Meter hoch, herausmarschiert und bewegte sich die Rampe herunter.

Er hielt eine Hand in die Höhe. »Ich komme in friedlicher Absicht«, sagte er und fügte nach einem langen nochmaligen Knirschen hinzu, »bringt mich zu eurer Eidechse.«

Ford Prefect hatte natürlich eine Erklärung dafür, während er bei Arthur saß und sich die pausenlos sich überschlagenden Nachrichtensendungen im Fernsehen ansah, von denen keine was anderes mitzuteilen hatte als die Feststellung, daß das Ding einen sich auf eine Summe von Billionen von Pfund belaufenden Riesenschaden angerichtet und eine andere Riesenzahl Leute getötet hatte, und dann teilten sie es nochmal mit, weil der Roboter nichts weiter tat, als dazustehen, ganz leicht zu schwanken und kurze, unverständliche Fehlermitteilungen von sich zu geben.

»Er kommt aus einer sehr alten Demokratie, weißt du . . .«

»Du meinst, er kommt von einem Eidechsenplaneten?«

»Nein«, sagte Ford, der inzwischen wieder ein bißchen mehr bei Verstand war und logischer redete als zuvor, nachdem er sich endlich den Kaffee hatte aufdrängen lassen, »so simpel ist es nicht. Nicht ganz so unkompliziert. Auf seinem Planeten sind die Leute Leute. Die Anführer sind Eidechsen. Die Leute hassen die Eidechsen, und die Eidechsen regieren die Leute.«

»Merkwürdig«, sagte Arthur. »Ich meine, du sagtest, es wäre eine Demokratie.«

»Sagte ich«, sagte Ford, »ist es auch.«

»Und warum«, sagte Arthur, der hoffte, er höre sich nicht lächerlich begriffsstutzig an, »schaffen sich die Leute dann die Eidechsen nicht vom Halse?«

»Das kommt ihnen ehrlich gesagt nicht in den Sinn«, sagte Ford. »Sie haben alle das Wahlrecht, und so nehmen sie schlichtweg an, daß die Regierung, die sie gewählt haben, mehr oder weniger der Regierung nahekommt, die sie sich wünschen.«

»Du meinst, sie *wählen* tatsächlich die Eidechsen?«

»Aber ja«, sagte Ford achselzuckend, »natürlich.«

»Aber«, sagte Arthur und stürzte von neuem auf die Kernfrage los, »warum?«

»Weil, wenn sie keine Eidechse wählen würden«, sagte Ford, »käme vielleicht die falsche Eidechse ans Ruder. Hast du Gin da?«

»Was?«

»Ich sagte«, sagte Ford, während sich eine zunehmende Dringlichkeit in seine Stimme schlich, »hast du irgendwelchen Gin da?«

»Ich seh mal nach. Erzähl mir von den Eidechsen.«

Ford zuckte wieder die Schultern.

»Einige Leute sagen, daß die Eidechsen das beste sind, was ihnen überhaupt passieren konnte«, sagte er. »Sie irren sich natürlich völlig, total und absolut, aber irgend jemand muß es ja sagen.«

»Aber das ist ja schrecklich«, sagte Arthur.

»Hör zu, Kumpel«, sagte Ford, »wenn ich jedesmal einen Atair-Dollar bekäme, wenn ich einen Teil des Universums über einen anderen Teil des Universums sagen höre: ›Das ist ja schrecklich‹, dann säße ich nicht hier wie eine Zitrone, die nach Gin giert. Aber ich hab die Dollars nicht und giere. Nach was suchst du eigentlich mit so friedfertig verträumtem Blick? Bist du verliebt?«

Arthur sagte, ja, das sei er, und sagte es friedfertig.

»In jemanden, der weiß, wo die Ginflasche steht? Werde ich sie kennenlernen?«

Das tat er, denn Fenchurch kam in dem Moment mit einem Stapel Zeitungen herein, die sie im Ort besorgt hatte. Sie blieb stehen, erstaunt über die Trümmer auf dem Tisch und die Trümmer von der Beteigeuze auf dem Sofa.

»Wo ist der Gin?« sagte Ford zu Fenchurch. Und zu Arthur: »Wo ist Trillian eigentlich abgeblieben?«

»Äh, das ist Fenchurch«, sagte Arthur verlegen. »Mit Trillian war doch nichts, und du mußt sie außerdem zuletzt gesehen haben.«

»Oh ja«, sagte Ford, »sie ist mit Zaphod irgendwohin abgehauen. Sie haben ein paar Kinder oder sowas. Zumindest«, fügte er hinzu, »glaube ich, es war so. Zaphod ist sehr viel ruhiger geworden, weißt du.«

»Wirklich?« sagte Arthur, der eilig um Fenchurch herumwimmelte, um sie von ihrem Einkauf zu befreien.

»Tja«, sagte Ford, »wenigstens einer seiner Köpfe hat jetzt etwas mehr Grips als ein Emu voller LSD.«

»Arthur, wer ist das?« fragte Fenchurch.

»Ford Prefect«, sagte Arthur. »Ich habe ihn vielleicht mal beiläufig erwähnt.«

37

Insgesamt drei Tage und drei Nächte stand der riesige silberne Roboter in verblüfftes Staunen versunken breitbeinig über den Resten der Knightsbridge, schwankte leicht und versuchte, eine Reihe von Dingen auszurechnen.

Regierungsabordnungen kamen ihn sich ansehen, lastwagenweise stellten sich eifrige Journalisten im Rundfunk gegenseitig Fragen darüber, was sie von ihm dächten, Scharen von Kampfbombern versuchten rührenderweise, ihn anzugreifen – aber keine Eidechsen ließen sich blicken. Er suchte gemächlich den Horizont ab.

Nachts war er am allereindrucksvollsten, wenn er von den Fernsehteams mit Scheinwerfern beleuchtet wurde, die unablässig über ihn berichteten, während er unablässig nichts tat.

Er dachte nach und dachte nach und kam endlich zu einem Schluß.

Er würde seine Dienstroboter ausschicken.

Daran hätte er schon früher denken sollen, aber er hatte eine Reihe von Problemen.

In einer furchterregenden Wolke aus Metall kamen eines Nachmittags die winzigen fliegenden Roboter kreischend aus der Luke gesaust. Sie durchstreiften die Umgebung, wobei sie einige Dinge wütend angriffen und andere wütend verteidigten.

Einer fand schließlich eine Tierhandlung mit ein paar Eidechsen, aber er verteidigte die Tierhandlung gegen die Feinde der Demokratie sofort mit solcher Wucht, daß in der Gegend nur wenig am Leben blieb.

Ein Wendepunkt trat ein, als eine Elitestaffel der fliegenden Krachmacher den Zoo in Regent's Park und vor allen Dingen das Reptilienhaus entdeckte.

Die fliegenden Bohrer und Laubsägen hatten aus ihren Fehlern mit der Tierhandlung gelernt und brachten ein paar von den größeren und dickeren Leguanen zu dem riesigen silbernen Roboter, der Gespräche auf höchster Ebene mit ihnen zu führen versuchte.

Schließlich verkündete der Roboter der Welt, daß trotz des ausführlichen, freimütigen und umfangreichen Meinungsaustauschs die Gespräche auf höchster Ebene gescheitert und die Eidechsen in den einstweiligen Ruhestand versetzt worden seien, und er, der Roboter, werde jetzt irgendwo kurz Ferien machen, und er wählte sich aus irgendeinem Grunde Bournemouth.

Ford Prefect, der das im Fernsehen sah, nickte, lachte und trank noch ein Bier.

Unverzüglich wurden Vorbereitungen für die Abreise des Roboters getroffen.

Die fliegenden Werkzeugtaschen kreischten und sägten und bohrten und schweißten den ganzen Tag und die ganze Nacht Dinge zusammen, und am Morgen begann phantastischerweise eine riesige mobile Kranbrücke mit dem Roboter darauf, der von dem Kran gehalten wurde, auf mehreren Straßen gleichzeitig in Richtung Westen zu rollen.

Nach Westen kroch er wie ein seltsamer Karnevalszug, umsummt von seinen Dienern und Hubschraubern und Übertragungswagen, er fräste sich durch das Land, bis er endlich in Bournemouth ankam, wo der Roboter sich langsam aus den Fesseln seiner Transportsicherungen befreite, an den Strand ging und sich für zehn Tage hinlegte.

Das war natürlich bei weitem das Aufregendste, was Bournemouth je erlebt hatte.

Menschen versammelten sich täglich in Massen an der Kreislinie, die als das Erholungsgebiet des Roboters abgesteckt und bewacht war, und versuchten zu sehen, was er machte.

Er machte nichts. Er lag am Strand. Er lag ein bißchen unbeholfen auf seinem Gesicht.

Ein Journalist von einer Lokalzeitung war es, dem es eines Abends spät gelang, etwas zu tun, was bisher niemandem auf der Welt gelungen war, nämlich eine kurze verständliche Unterhaltung mit einem Dienstroboter anzuknüpfen, der den Schutzkreis bewachte.

Das war ein außergewöhnlicher Durchbruch.

»Ich meine, da ist 'ne Story drin«, sagte der Journalist vertraulich bei einer Zigarette, die sie sich durch den Stahlgitterzaun hindurch teilten, »aber sie braucht 'n guten lokalen Dreh. Ich habe hier 'ne kleine Liste mit Fragen zusammengestellt«, fuhr er fort und kramte unbeholfen in seiner Innentasche, »vielleicht kriegst du ihn oder es, egal wie ihr ihn nennt, dazu, sie mal schnell zu durchzulesen.«

Der kleine fliegende Patentschraubenzieher sagte, er sehe mal, was er machen könne, und kreischte davon.

Eine Antwort erfolgte nie.

Aber kurioserweise stimmten die Fragen auf dem Zettel mehr oder weniger genau mit den Fragen überein, die sich durch die massiven, schlachtenvernarbten Industriequalitäts-Schaltkreise im Hirn des Roboters bewegten. Sie lauteten folgendermaßen:

»Wie fühlt man sich als Roboter?«

»Wie fühlt man sich, wenn man aus dem Weltraum stammt?«

und

»Wie gefällt Ihnen Bournemouth?«

Am nächsten Tag früh fing man an einzupacken, und innerhalb weniger Tage wurde klar, daß der Roboter sich anschickte, Bournemouth für immer zu verlassen.

»Die Frage ist«, sagte Fenchurch zu Ford, »kannst du uns an Bord bringen?«

Ford sah hektisch auf seine Uhr.

»Ich muß mich erst noch um eine wichtige unerledigte Sache kümmern«, rief er.

38

Die Massen drängten sich so nahe sie konnten an das riesige silberne Raumschiff heran, was nicht allzu nahe war. Der unmittelbare Umkreis wurde von den winzigen fliegenden Dienstrobotern gesichert und abpatrouilliert. Darum herum lag die Armee, der es total unmöglich gewesen war, den inneren Kreis zu durchbrechen, die aber der Teufel geholt hätte, wenn irgend jemand durch sie hindurchgebrochen wäre. Die Armee wiederum war von einem Polizeikordon umgeben, aber ob der dazu da war, das Publikum vor der Armee oder die Armee vor dem Publikum zu schützen oder die diplomatische Immunität des Riesenraumschiffs zu garantieren oder es davor zu bewahren, Strafmandate für Falschparken zu kriegen, war vollkommen unklar und das Thema vieler Diskussionen.

Der Zaun um den inneren Kreis wurde nun langsam abgebaut. Die Armee bewegte sich unruhig, weil sie nicht sicher war, wie sie auf die Tatsache reagieren solle, daß der Grund ihrer Anwesenheit sich offenbar einfach in die Lüfte davonmachte.

Der riesige Roboter war mittags wieder in das Raumschiff zurückgetorkelt, und nun war es fünf Uhr nachmittags, und man hatte kein Zeichen mehr von ihm erblickt. Vieles war zu hören gewesen – wieder ein Knirschen und Rumpeln tief im Inneren des Raumschiffes, die Musik von Millionen gräßlicher Funktionsfehler; aber das gespannte Erwartungsgefühl in der Menge beruhte darauf, daß sie gespannt erwartete, enttäuscht zu werden. Dieses herrliche, ungewöhnliche Ding war in ihr Leben getreten, und nun wollte es einfach ohne sie wieder davonfliegen.

Zwei Leute empfanden dieses Gefühl besonders stark. Fenchurch und Arthur spähten besorgt in der Menge herum, konnten aber Ford Prefect nirgendwo darin entdecken, auch kein Zeichen, daß er auch nur die leiseste Absicht hatte, dort zu sein.

»Wie verläßlich ist er eigentlich?«fragte Fenchurch beklommen.

»Wie *verläßlich*?« fragte Arthur. Er stieß ein hohles Gelächter aus. »Wie seicht ist der Ozean?« sagte er. »Wie kalt ist die Sonne?«

Die letzten Teile vom Kranwagen des Roboters wurden an Bord geschafft, und die letzten noch verbliebenen Stücke des Schutzzauns wurden am Fuß der Rampe aufgestapelt und warteten darauf, hineingetragen zu werden. Die Soldaten, die um die Rampe Wache hielten, stellten sich bedeutungsvoll in Positur, Befehle wurden hin und her gebrüllt, eilige Beratungen wurden abgehalten, aber natürlich konnte das nichts an irgendwas ändern.

Verzweifelt und jetzt ohne festen Plan drängelten sich Arthur und Fenchurch durch die Menge nach vorn, aber da die gesamte Menge ebenfalls versuchte, sich durch die Menge nach vorn zu drängeln, brachte sie das nicht weiter.

Und binnen weniger Minuten war nichts mehr vor dem Raumschiff zurückgeblieben, jeder kleinste Bestandteil des Zauns war an Bord. Ein paar fliegende Laubsägen und eine Wasserwaage schienen eine letzte Kontrolle auf dem Gelände vorzunehmen, dann sausten sie durch die riesige Luke nach drinnen.

Ein paar Sekunden vergingen.

Die Geräusche des mechanischen Chaos, die von drinnen zu hören waren, wechselten die Lautstärke, und langsam und schwerfällig begann die riesige Stahlrampe sich aus der Lebensmitteletage von Harrods zu erheben. Das Geräusch, das sie begleitete, war das Tausender gespannter, erregter Leute, die vollkommen ignoriert wurden.

»Halt!«

Ein Megafon brüllte aus einem Taxi, das am Rand der drängenden Menge quietschend zum Halten kam.

»Es hat«, schrie das Megafon, »einen wichtigen wissenschaftlichen Einbruch gegeben! Durch! Durchbruch«, berichtigte es sich. Die Tür flog auf, und ein kleiner Mann von irgendwo in der Nähe der Beteigeuze hüpfte in einem weißen Kittel heraus.

»Halt!« schrie er wieder und schwenkte diesmal einen kurzen, dicken, schwarzen Stab mit Lichtern dran. Die Lichter blinkten kurz auf, die Rampe unterbrach sich in ihrer Aufwärtsbewegung und begann, den Signalen des ›Daumens‹ gehorchend (für den sich die Hälfte der Elektronik-Ingenieure in der Galaxis ununterbrochen neue Möglichkeiten, wie man ihn blockieren könnten auszudenken versuchte, während die andere Hälfte sich ununterbrochen neue Möglichkeiten auszudenken versuchte, wie sie die Blockiersignale blockieren könnte), sich langsam und knirschend wieder herabzubewegen.

Ford Prefect holte sein Megafon aus dem Taxi und brüllte damit die Menge an.

»Platz da«, schrie er, »machen Sie bitte Platz, dies ist ein bedeutender wissenschaftlicher Durchbruch. Sie und Sie, holen Sie die Geräte aus dem Taxi.«

Absolut zufällig zeigte er auf Arthur und Fenchurch, die sich wieder aus der Menge herauswühlten und eilends um das Taxi versammelten.

»Okay, machen Sie bitte einen Durchgang für ein paar wissenschaftliche Geräte frei«, brüllte Ford. »Nur ruhig bleiben. Es ist alles unter Kontrolle, es gibt nichts zu sehen. Es ist nur ein bedeutender wissenschaftlicher Durchbruch. Jetzt ruhig bleiben. Wichtige wissenschaftliche Geräte. Machen Sie den Weg frei.«

Gierig nach neuer Aufregung und entzückt über diesen plötzlichen Aufschub ihrer Enttäuschung wich die Menge begeistert zurück und begann, eine Gasse zu öffnen.

Arthur war etwas überrascht, als er sah, was auf den Kisten mit den wichtigen wissenschaftlichen Geräten hinten im Taxi zu lesen war.

»Häng deine Jacke drüber«, flüsterte er Fenchurch zu, als er die Kisten heraushob und ihr reichte. Rasch zerrte er den großen Einkaufswagen heraus, der gegen den Rücksitz geklemmt war. Er landete klappernd auf dem Boden, und gemeinsam luden sie die Kisten ein.

»Machen Sie bitte den Weg frei«, rief Ford wieder. »Alles steht unter genauer wissenschaftlicher Kontrolle.«

»Er hat gesagt, Sie zahlen«, sagte der Taxifahrer zu Arthur, der ein paar Geldscheine aus der Tasche holte und ihn bezahlte. In der Ferne hörte man Polizeisirenen.

»Gehen Sie da entlang«, schrie Ford, »und niemand wird verletzt.«

Die Menge drängte vorwärts und schloß sich wieder hinter ihnen, während sie hastig den ratternden Einkaufswagen über den Schotter auf die Rampe zu schoben und zogen.

»'s ist alles in Ordnung«, schrie Ford unablässig. »Es gibt nichts zu sehen, es ist alles vorbei. Nichts von alldem geschieht tatsächlich.«

»Machen Sie bitte den Weg frei«, brüllte ein Polizeimegafon auf der anderen Seite der Menge. »Es hat einen Einbruch gegeben, machen Sie den Weg frei.«

»Durchbruch«, schrie Ford dagegen an. »Einen wissenschaftlichen Durchbruch!«

»Hier spricht die Polizei! Machen Sie den Weg frei!«

»Wissenschaftliche Geräte! Machen Sie den Weg frei!«

»Polizei! Lassen Sie uns durch!«

»Walkmen!« schrie Ford, zog ein halbes Dutzend aus seinen Taschen und warf sie in die Menge. Die folgenden Sekunden absoluten Durcheinanders erlaubten ihnen, den Einkaufswagen an die Kante der Rampe zu schieben und auf sie raufzuziehen.

»Festhalten«, flüsterte Ford und ließ einen Knopf an seinem Elektronischen Daumen los. Die gewaltige Rampe unter ihnen erbebte und begann sich langsam zu heben.

»Okay, Kinder«, sagte er, als die drängelnde Menge unter ihnen zurückblieb und sie sich über die kippende Rampe schlingernd auf den Weg in die Eingeweide des Raumschiffs machten, »sieht aus, als ginge's los.«

39

Arthur Dent war wütend, weil er fortwährend durch Artilleriefeuer geweckt wurde.

Vorsichtig, um Fenchurch nicht zu wecken, der es dennoch gelang, unruhig weiterzuschlafen, ließ er sich aus der Wartungsluke gleiten, die sie sich zu einer Art Koje umfunktioniert hatten, hangelte sich an der Einstiegsleiter runter und pirschte miesgelaunt durch die Gänge. Sie waren furchtbar eng und schlecht beleuchtet. Die Lichtstromkreise summten störend.

Das war es aber nicht.

Er blieb stehen und lehnte sich zurück, als ein fliegender Elektrobohrer mit gräßlichem Gekreisch an ihm vorbei und den düsteren Gang entlangflog, wobei er hin und wieder klirrend gegen die Wände stieß wie eine aufgeregte Biene.

Das war es auch nicht.

Er kletterte durch eine Schottluke und fand sich in einem breiteren Gang wieder. Ätzender Rauch zog vom einen Ende des Ganges heran, deshalb ging er in die andere Richtung.

Er kam zu einem Beobachtungsmonitor, der hinter einer Platte aus gehärtetem, aber trotzdem furchtbar zerkratztem Plexiglas in die Wand eingelassen war.

»Würdest du das bitte etwas leiser stellen?« sagte er zu Ford, der inmitten eines Haufens von Videofilmen, die er aus einem Schaufenster in der Tottenham Court Road gestohlen hatte, nachdem er zuvor einen kleinen Ziegelstein hineingeworfen hatte, und inmitten eines ekelhaften Haufens leerer Bierdosen vor dem Monitor hockte.

»Schschsch!« zischte Ford und starrte mit geradezu manischer Konzentration auf den Bildschirm. Er sah sich *Die glorreichen Sieben* an.

»Nur ein bißchen«, bat Arthur.

»Nein!« brüllte Ford, »jetzt kommt doch grade das Beste! Hör zu, endlich hab ich hier alles ausgetüftelt, Spannungsstärken, Zeilenumsetzung, alles, und jetzt kommt die tolle Stelle!«

Seufzend und mit schmerzendem Kopf setzte sich Arthur neben ihn und sah sich die tolle Stelle an. Er hörte sich Fords Gekreische und Geschrei und seine »Jaahaas« an, so friedfertig er nur konnte.

»Ford«, sagte er schließlich, als der Film zu Ende war und Ford einen Stapel Cassetten nach dem Band von *Casablanca* durchwühlte, »wie kommt's, daß du . . .«

»Das hier ist der wahre Hammer«, sagte Ford. »Das ist der, für den ich zurückgekommen bin. Ist dir klar, daß ich ihn nie ganz gesehen habe? Immer habe ich den Schluß verpaßt. Ich sah ihn nochmal bis zur Hälfte am Abend, bevor die Vogonen kamen. Als sie den Planeten in die Luft sprengten, dachte ich, ich krieg ihn nie mehr zu sehen.

He, was ist übrigens mit alldem passiert?«

»Tja, das Leben«, sagte Arthur und rupfte sich ein Bier aus dem Sechserpack.

»Oh, schon wieder«, sagte Ford. »Ich hab mir schon sowas gedacht. Da mag ich das hier lieber«, sagte er, als Rick's Bar auf den Bildschirm flimmerte. »Wie kommt's, daß du was?«

»Was?«

»Du fingst an: ›Wie kommt's, daß du . . .‹«

»Wie kommt's, daß du so unfreundlich über die Erde denkst, und trotzdem . . . ach, vergiß es, sehen wir uns einfach den Film an.«

»Genau«, sagte Ford.

40

Es bleibt nur noch weniges zu berichten.

Jenseits einer Gegend, die seit Ewigkeiten als die Grenzlosen Lichtfelder von Flanux bekannt war, bis man entdeckte, daß die Grauen Pflichtlehen von Saxaquine dahinter liegen, liegen die Grauen Pflichtlehen von Saxaquine.

Inmitten der Grauen Pflichtlehen von Saxaquine hängt eine Sonne namens Zarss, um die der Planet Preliumtarn kreist, auf dem das Land Sevorbeupstry liegt, und es war das Land Sevorbeupstry, zu dem Arthur und Fenchurch endlich gelangten, ein bißchen müde von der Reise.

Und in dem Land Sevorbeupstry kamen sie zu der Großen Roten Ebene von Rars, die im Süden von den Quentulus-Quazgar-Bergen umschlossen wurde, auf deren Gipfel sie den ersterbenden Worten Praks zufolge in zehn Meter hohen Feuerlettern Gottes letzte Botschaft an seine Schöpfung finden würden.

Nach den Worten Praks, wenn die Erinnerung Arthur keinen Streich spielte, wurde der Ort von der Lajestischen Vantra-Schale von Loob bewacht, und so war es denn auch. Es handelte sich um einen kleinen Mann mit einem komischen Hut, und er verkaufte ihnen eine Eintrittskarte.

»Halten Sie sich bitte links«, sagte er, »halten Sie sich links«, und sauste auf einem kleinen Roller weiter.

Sie bemerkten, daß sie nicht die ersten waren, die sich auf diesen Weg machten, denn der Pfad, der links um die Große Ebene herumführte, war ausgetreten und von Kiosken gesäumt. An einem kauften sie sich eine Schachtel Karamelbonbons, die in einem Ofen in einer Höhle in dem Berg gebrannt worden waren, der durch das Feuer der Buchstaben von Gottes letzter Botschaft an seine Schöpfung geheizt wurde. An einem anderen kauften sie sich ein paar Ansichtskarten. Die Botschaft war mit einem Farbspray unkenntlich gemacht, »um Ihnen die große Überraschung nicht zu verderben!«, wie auf der Rückseite zu lesen war.

»Wissen Sie, wie die Botschaft lautet?« fragten sie die schrumplige alte Dame in dem Kiosk.

»Oh ja«, piepste sie munter, »oh ja!«

Sie winkte sie weiter.

Etwa alle zwanzig Meilen stand eine kleine steinerne Hütte mit Duschen und Toiletten, aber der Weg war beschwerlich, und die hochstehende Sonne sengte auf die Große Rote Ebene herunter, und die Große Rote Ebene flirrte in der Hitze.

»Ist es möglich«, fragte Arthur an einem der größeren Kioske, »einen von diesen kleinen Rollern zu leihen? Wie ihn der Lajestische Vantra-Dingsbums hatte?«

»Die Roller«, sagte die kleine Dame, die an der Eisbar bediente, »sind nicht für die Gläubigen da.«

»Na, dann ist es ja ganz einfach«, sagte Fenchurch, »wir sind nicht besonders gläubig. Wir sind bloß interessiert.«

»Dann müssen Sie sofort umkehren«, sagte die kleine Dame streng, und als sie Einwände erhoben, verkaufte sie ihnen zwei Letzte-Botschaft-Sonnenhüte und ein Foto von ihnen, auf dem sie, die Arme eng umeinander gelegt, auf der Großen Roten Ebene von Rars zu sehen waren.

Im Schatten des Kiosks tranken sie jeder ein Sodawasser, dann schleppten sie sich wieder hinaus in die Sonne.

»Unsere Sonnencreme geht zur Neige«, sagte Fenchurch nach ein paar weiteren Meilen. »Wir können zum nächsten Kiosk weitergehen, oder wir kehren zum vorigen zurück. Das ist näher, bedeutet aber, daß wir denselben Weg nochmal machen müssen.«

Sie blickten vor sich auf den fernen schwarzen Kleks, der aus dem heißen Dunst zu ihnen rüberblinkte; sie blickten hinter sich. Sie beschlossen weiterzugehen.

Dann stellten sie fest, daß sie nicht nur nicht die ersten waren, die diese Reise unternahmen, sie waren auch nicht die einzigen, die sie jetzt gerade machten.

Eine Ecke vor ihnen schleppte sich eine plumpe, kleine Gestalt elend über den Boden und stolperte mühsam und langsam, halb humpelnd, halb kriechend, weiter.

Sie bewegte sich so langsam, daß es nicht lange dauerte, da hatten sie das Wesen eingeholt und sahen, daß es aus altem verbeulten und verbogenem Metall war.

Es stöhnte ihnen entgegen, als sie näherkamen, und brach im heißen, trockenen Staub zusammen. »So viel Zeit«, stöhnte es, »oh, so viel Zeit. Und Schmerzen ebenso, so viele Schmerzen, und so viel Zeit, um sie zu erleiden. Das eine oder das andere allein könnte ich wahrscheinlich ertragen. Aber beides zusammen, das macht mich wirklich fertig. Oh hallo, du schon wieder.«

»Marvin?« fragte Arthur barsch und kauerte sich neben ihn. »Bist du's?«

»Du warst immer schon der Typ«, stöhnte es aus dem alt gewordenen Roboter, »für superintelligente Fragen, stimmt's?«

»Was ist das?« flüsterte Fenchurch erschrocken, hockte sich hinter Arthur und hielt sich an seinem Arm fest. »Er ist sowas wie ein alter Freund«, sagte Arthur. »Ich . . .«

»Freund!« krächzte der Roboter kläglich. Das Wort verhallte in einer Art Knattern, und Rostbröckchen fielen ihm aus dem Mund. »Ihr müßt mich entschuldigen, ich muß mich erst zu erinnern versuchen, was das Wort bedeutet. Meine Datenspeicher sind nicht mehr das, was sie mal waren, versteht ihr, und jedes Wort, das ein paar Zillionen Jahre nicht benutzt wird, muß in einen Hilfs-Nebenspeicher verlegt werden. Ah hier kommt es.«

Der verbeulte Kopf des Roboters schnappte ein bißchen nach oben, als denke er nach.

»Hmmm«, sagte er, »was für ein merkwürdiger Begriff.«

Er dachte noch ein bißchen nach.

»Nein«, sagte er schließlich, »ich glaube, einer von denen ist mir nie über den Weg gelaufen. Tut mir leid, da kann ich euch nicht helfen.«

Er zog ein Knie jämmerlich scharrend im Staub weiter, dann versuchte er sich auf seine verbogenen Ellenbogen hochzuwinden.

»Gibt es einen letzten Dienst, den ich euch vielleicht erweisen könnte?« fragte er mit einer Art hohlem Rasseln. »Ein Stück Papier, das ich euch vielleicht aufheben könnte? Oder vielleicht möchtet ihr«, fuhr er fort, »daß ich euch eine Tür öffne?«

Sein Kopf kratzte in seinen rostigen Halslagern herum und schien den fernen Horizont zu mustern.

»Anscheinend gibt's im Augenblick keine Türen in der Nähe«, sagte er, »aber ich bin sicher, wenn wir lange genug warten, würde jemand eine bauen. Und dann«, sagte er und drehte den Kopf langsam herum, um wieder Arthur anzusehen, »könnte ich sie für dich aufmachen. Ich bin mittlerweile ziemlich gewöhnt daran, dich zu bedienen.«

»Arthur«, zischte ihm Fenchurch scharf ins Ohr, »davon hast du mir nie was erzählt. Was hast du diesem armen Wesen angetan?«

»Nichts«, beharrte Arthur traurig, »er ist immer so . . .«

»Ha!« bellte Marvin. »Ha!« wiederholte er. »Was weißt du schon von immer? Du sagst ›immer‹ zu mir, der ich aufgrund der albernen kleinen Aufträge, deretwegen ihr organischen Bioformen mich beständig in der Zeit herumschickt, jetzt siebenunddreißigmal älter als das Universum selber bin? Wähle deine Worte mit ein bißchen mehr Sorgfalt«, hustete er, »und Takt.«

Er krächzte sich durch einen Hustenanfall hindurch, dann redete er weiter.

»Verlaßt mich«, sagte er, »geht weiter und laßt mich allein, damit ich mich mühsam weiterschleppen kann. Schließlich ist meine Zeit bald gekommen. Meine Stunde hat bald geschlagen. Ich bin sowieso darauf gefaßt«, sagte er und winkte ihnen mit einem gebrochenen Finger schwächlich zu, weiterzugehen, »als letzter anzukommen. Das wäre passend. Seht mich an, das Gehirn von der Größe ...«

Sie hoben ihn zwischen sich hoch, trotz seiner schwachen Proteste und Beschimpfungen. Das Metall war so heiß, daß sie sich fast die Finger dran verbrannten, aber er war überraschend leicht und hing kraftlos zwischen ihren Armen.

Sie trugen ihn mit sich den Weg entlang, der links auf der Großen Roten Ebene von Rars zu den sie umgebenden Bergen von Quentulus Quazgar führte.

Arthur versuchte, Fenchurch alles zu erklären, wurde aber zu oft durch Marvins trauriges kybernetisches Fiebergefasele unterbrochen.

Sie wollten mal sehen, ob sie nicht an einem der Kioske ein paar Ersatzteile und etwas Schmieröl für ihn bekämen, aber Marvin wollte nichts.

»Ich bestehe nur aus Ersatzteilen«, brummte er.

»Laßt mich in Frieden!« stöhnte er.

»Jeder Teil von mir«, jammerte er, »ist mindestens fünfzigmal ausgewechselt worden ... bis auf ...« Er schien einen Moment lang sich fast unmerklich zu erheitern. Vor lauter Anstrengung, sich zu erinnern, hüpfte sein Kopf zwischen ihnen auf und ab. »Erinnerst du dich noch, wie ich dir das allererste Mal begegnet bin?« sagte er schließlich zu Arthur. »Ich hatte die geiststrapazierende Aufgabe, dich zur Kommandobrücke raufzubringen. Ich erzählte dir, daß ich so gräßliche Schmerzen in allen Dioden unten in der linken Seite hätte. Daß ich darum gebeten hätte, sie auszuwechseln, aber das würden sie nie.«

Er machte eine ziemlich lange Pause, ehe er weitersprach. Sie trugen ihn zwischen sich unter der sengenden Sonne dahin, die sich kaum bewegte, geschweige denn unterging.

»Sieh mal, ob du raten kannst«, sagte Marvin, als er meinte, die Pause wäre jetzt beunruhigend lang genug, »welche Teile von mir nie ausgewechselt wurden? Mach schon, sieh mal, ob du das rätst.

Aua«, setzte er hinzu, »aua, aua, aua, aua, aua.«

Endlich erreichten sie den letzten der kleinen Kioske, setzen Marvin zwischen sich ab und ruhten im Schatten aus. Fenchurch kaufte für Russell ein Paar Manschettenknöpfe, in die kleine polierte Steinchen eingelassen waren, die aus den Quentulus-Quazgar-Bergen, direkt unterhalb der Feuerbuchstaben stammten, in denen Gottes letzte Botschaft an seine Schöpfung geschrieben stand.

Arthur kramte auf dem Tresen in einem kleinen Gestell mit Andachtstraktaten herum, kleinen Meditationen über den Sinn der Botschaft. »Fertig?« fragte er Fenchurch. Die nickte.

Sie hoben Marvin zwischen sich in die Höhe.

Sie bogen um den Fuß der Quentulus-Quazgar-Berge, und da stand die Botschaft in feurigen Lettern auf den Kamm des Gebirges geschrieben. Gegenüber war auf einem riesigen Felsen ein kleiner Aussichtspunkt mit einem Geländer, von wo man einen herrlichen Blick hatte. Es stand dort ein kleines Münz-Fernrohr, damit man sich die Buchstaben im einzelnen ansehen konnte, aber niemand benutzte es je, denn die Buchstaben brannten mit der göttlichen Helle des Himmels und hätten, durch ein Fernrohr betrachtet, die Netzhaut und den Sehnerv ernstlich beschädigt.

Sie blickten voll Verwunderung auf Gottes letzte Botschaft und wurden langsam und unerklärlicherweise von einem gewaltigen Gefühl des Friedens und des endgültigen und vollkommenen Verstehens erfüllt.

Fenchurch seufzte. »Ja«, sagte sie, »das war es.«

Sie hatten schon volle zehn Minuten darauf gestarrt, als sie merkten,daß Marvin, der zwischen ihren Schultern hing, in Schwierigkeiten war. Der Roboter konnte seinen Kopf nicht mehr heben und hatte die Botschaft noch nicht gelesen. Sie hoben seinen Kopf hoch, aber er jammerte, seine Sehschaltkreise seien fast verbraucht.

Sie fanden eine Münze und halfen ihm ans Fernrohr. Er jammerte und beschimpfte sie, aber sie halfen ihm, sich der Reihe nach jeden einzelnen Buchstaben anzusehen. Der erste Buchstabe war ein W, der zweite ein I und der dritte ein R. Dann kam eine Lücke. Es folgte ein E, dann ein N, ein T, ein S und ein C.

Marvin machte eine Pause, um sich zu verschnaufen.

Nach ein paar Minuten machten sie weiter und ließen ihn das H, das U, das L, das D, das I, das G, das E und das N sehen.

Die nächsten drei Wörter waren »UNS«, »FÜR« und »DIE«. Das letzte war wieder lang, und Marvin brauchte nochmal eine Pause, ehe er sich daranmachen konnte.

Es fing mit einem S an, dann kam ein T und dann ein R. Als nächste kamen ein A und ein P, denen ein A folgte.

Nach einer letzten Pause nahm Marvin alle seine Kräfte für den Rest zusammen.

Er las das Z und das E und schließlich den letzten Buchstaben, ein N, und taumelte zurück in ihre Arme.

»Ich glaube«, murmelte er endlich aus der Tiefe seines rostenden, rasselnden Brustkastens, »das war nötig.«

Die Lichter in seinen Augen erloschen zum unwiderruflich allerletzten Mal.

Zum Glück gab es in der Nähe einen Stand, wo man sich von Typen mit grünen Flügeln Roller leihen konnte.

Epilog

Einer der größten Wohltäter alles Lebenden war ein Mann, der sich beständig von der Arbeit ablenken ließ, die er gerade machte.

Brillant?

Gewiß.

Einer der bedeutendsten Genetiker seiner oder irgendeiner anderen Generation, einschließlich mehrerer, die er selbst sich ausgedacht hatte?

Ohne Zweifel.

Das Problem war, daß er viel zu sehr an Dingen interessiert war, an denen er nicht hätte interessiert sein sollen, wenigstens, wie die Leute ihm immer wieder sagten, nicht *jetzt*. Er war auch, zum Teil deswegen, von ziemlich reizbarer Gemütsart.

Und als sein Planet von schrecklichen Angreifern eines fernen Sterns bedroht wurde, die noch ziemlich weit weg waren, aber schnell näherkamen, wurde Blart Versenwald III (sein Name war Blart Versenwald III, was streng genommen nicht wichtig, aber ganz interessant ist, weil – lassen wir das, so hieß er, und darüber, warum das interessant ist, können wir später reden) von den Meistern seines Volkes in die wohlbewachte Einsamkeit geschickt mit dem Auftrag, sich eine Rasse fanatischer Superkrieger auszudenken, die den gefürchteten Eindringlingen widerstehen und sie besiegen könnten. Er solle sich beeilen, sagten sie zu ihm, und »Konzentriere dich!«

Deshalb setzte er sich an ein Fenster, sah auf eine Sommerwiese hinaus und überlegte und überlegte und überlegte, wurde aber unvermeidlich von den Dingen ein bißchen abgelenkt, und als die feindlichen Angreifer sich praktisch auf einer Kreisbahn um seinen Planeten befanden, hatte er eine bemerkenswerte neue Rasse von Superfliegen erfunden, die ohne Hilfe herausfanden, wie sie durch die offene Hälfte eines halb geöffneten Fensters zu fliegen hatten, außerdem einen Aus-Schalter für Kinder. Die Feiern anläßlich dieser bemerkenswerten Leistungen schienen dazu verdammt zu sein, nur kurz zu dauern, weil die Katastrophe unmittelbar bevorstand, denn die feindlichen Raumschiffe landeten gerade. Aber erstaunlicherweise waren die furchtbaren Eindringlinge, die wie die meisten kriegerischen Völker nur deshalb herumtobten, weil sie mit bestimmten Dingen zu Hause nicht fertig wurden, von Versenwalds außergewöhnlichen Erfindungen überwältigt, schlossen sich den Feiern an und wurden auf der Stelle dazu überredet, eine ellenlange Reihe von Handelsabkommen zu unterzeichnen und ein Programm für einen Kulturaustausch aufzustellen. Und in einer erstaunlichen Umkehrung der normalen Praxis im Verhalten solcher Angelegenheiten lebten alle Beteiligten seit der Zeit glücklich und in Frieden.

Es steckt ein Sinn in dieser Geschichte, aber der ist dem Chronisten im Augenblick entfallen.